夢想成真系列

茶餐廳裏的相遇 2

米芝蓮的考驗

車人 著

步葵 圖

山邊出版社有限公司

夢想成真系列

茶餐廳裏的相遇 ❷

米芝蓮的考驗

作　　者：車人
繪　　畫：步葵
策　　劃：甄艷慈
責任編輯：曹文姬
美術設計：金暉
出　　版：山邊出版社有限公司
香港英皇道499號北角工業大廈18樓
電話：(852) 2138 7998
傳真：(852) 2597 4003
網址：http://www.sunya.com.hk
電郵：marketing@sunya.com.hk
發　　行：香港聯合書刊物流有限公司
香港新界大埔汀麗路36號中華商務印刷大廈3字樓
電話：(852) 2150 2100　傳真：(852) 2407 3062
電郵：info@suplogistics.com.hk
印　　刷：中華商務彩色印刷有限公司
香港新界大埔汀麗路36號
版　　次：二〇一五年三月初版
10 9 8 7 6 5 4 3 2 / 2016

ISBN: 978-962-923-403-4

18/F, North Point Industrial Building, 499 King's Road, Hong Kong
Published and printed in Hong Kong

一　認真的比試 *day 19*　7

二　熱情的法國人 *day 1*　13

三　言語不通的一天 *day 2*　22

四　艱辛的實習課 *day 3*　33

五　第一個假期 *day 5*　43

六　艾菲爾鐵塔 *day 5*　51

七　各人的近況 *day 5*　58

八　亦鋒的足球路 *day 8*　67

九　展示地道美食 *day 8*　77

十　碗仔翅 *day 9*　83

十一　失去自信 *day 9*　94

十二　正宗法國菜 *day 10*　98

十三　一年的實習機會 *day 11*　105

十四　爸爸的支持 *day 12*　110

十五　情人橋 *day 12*　116

十六　情人橋上再遇上 *day 12*　130

十七　奇夫受傷 *day 12*　139

十八　認真的比試(續) *day 20*　145

十九　邁向廚師路 *day 21*　151

前文提要：

倩盈、亦鋒、家熹是三位形影不離的好朋友，三人經常在倩盈爸爸經營的茶餐廳裏吃飯聊天。

從來沒有思考過夢想的倩盈一直對自己的未來很迷茫，當她遇上浩謙——一個樂天派的少年後，感受到他對生命的熱愛而開始找尋自己的喜好。原本欠缺自信的倩盈漸漸開始欣賞自己，透過兩次的烹飪比賽變得對自己充滿信心，同時還贏得了到法國五星級食府實習的機會。

亦鋒從小就喜歡踢足球，可是孤僻的性格令他被隊友排擠和奚落，他曾經想過放棄，但倩盈與家熹一直鼓勵和支持他，在一次球賽中，亦鋒得到機會在人前展示出自己努力的成果，令眾人另眼相看。

立志要當演員的家熹，長相帥氣，性格自我，一次試演的失敗，帶給他巨大的打擊，然而在朋友的鼓勵和自我的沉思下，他明白到腳踏實地的重要，更體會友誼的重要。

啓發倩盈追求夢想的浩謙，兩人第一次相遇就是在茶餐廳裏，他的樂天性格、對生活的熱情感染了她，兩人成為好朋友。在倩盈贏得去法國米芝蓮實習之旅的同時，浩謙在法國的進修課也開始了。

Day 19 — 認真的比試

倩盈在「天才小廚師」比賽獲勝後，隨即來到法國巴黎米芝蓮星級食府實習，感受完全不一樣的世界。

巴黎這個地方對於倩盈來說實在太美妙了，精緻的美食、浪漫的生活節奏、油畫一樣的迷人風景，就連空氣中都嗅到藝術氣息，她統統都喜歡得不得了。

轉眼間，三星期的實習課程即將就完成，在這段日子，倩盈跟一班來自不同國家的同學一起學習烹飪技巧和相關的知識。除了廚藝上的進步外，倩盈獲得更多的是對食物特性的認知、廚師與客人的關係、對法國風土人情的了解，更重要的就是對自己能力的肯定。

今天，倩盈將要面對一個重大的挑戰，由於今屆實習生的表現出色，餐廳破例提出一個一年的實習機會，讓實習生可以一邊在法國留學，一邊在餐廳廚房繼續實習，跟著名的主廚學習更多的廚藝。

這是一個千載難逢的機會，過去曾有很多優秀廚師冒名拜訪這位法國最有名的主廚也遭受拒絕，更莫說一睹他烹調的風采。對於餐廳提供的寶貴機會，每一個學員都感到十分雀躍。

而在眾多實習的學員當中，倩盈與芬蕾二人的表現一

直是最優秀的，這次比試，勝出者就能得到這難得的實習機會，向着星級廚師路進發。

這次的比試限時三小時，二人要完成早前學過的其中八道法國菜，包括開胃頭盤、餐湯、沙律、鮮魚、主菜、冷盤、酥餅及甜品。

倩盈深深吸了一口氣，抑壓着緊張的情緒，她打開焗爐，裏面傳出香噴噴的蘋果香味，各人以期待的目光，凝視着這道蘋果奶酥。

「哈？怎麼會這樣的？」同學們看到那從焗爐取出來的蘋果奶酥後都不禁竊竊私語，在背後議論紛紛。

「倩盈！你在幹什麼？為什麼你會把這一道蘋果奶酥烤焦的？」美子向着大焗爐前的倩盈叫道。

「我……」戴着厚厚手套的倩盈，捧着外層烤黑了一角的蘋果奶酥。

「烤蘋果奶酥一向是你表現最好的餸菜，你怎麼……」站在美子身邊，左手包紮着繃帶的奇夫搖着頭不解地說。

負責監考的胖主廚也皺了皺眉頭，然後快速地在筆記簿上寫了一段只有他自己看得明白的文字。

倩盈把蘋果奶酥放在桌子上，與早前煮好的六道菜色一字排列着，其餘的菜色都是超水準完成的，唯獨是第七道甜點令在場旁觀的同學側目，大家也搖着頭，替倩盈感到可惜。

距離這場比試完結還剩下十五分鐘，還有最後一道菜——甜品，就能決定兩位學員未來一年的命運。

倩盈回頭望向隔鄰的芬蕾，芬蕾同時望過來，她看到倩盈面前那烤焦了的蘋果奶酥，臉上禁不住流露出得意的神情。

「倩盈，你一定要做好最後一道菜，否則……」美子急着大嚷。

倩盈默默地看着面前的蘋果奶酥，思緒漸漸回到昨天晚上……

實習課程早在兩天前已完結，實習生都好好把握昨天的假期出外遊覽，而倩盈的兩位好朋友，來自日本的美子和來自新加坡的好友奇夫也一起去參觀博物館。唯獨倩盈想好好準備明天的比賽，所以整天獨自留在示範廚房盡最後的努力練習。

換着是從前的她，面對學校期考，她也未試過如此認真溫習，她不斷翻閱過去所做的筆記。每一個細節，每一個步驟她都仔細地重溫，勾起她實習時的種種樂趣與點滴，她發現自己對烹飪的熱誠有增無減，更肯定了自己未來的路向。

晚飯後，倩盈浸了一個加入了香薰的熱水浴，放鬆心情應付明天的比試。

在這三星期的實習中，倩盈經歷了許多事情令她不自覺地變得成熟，她除了學到很多廚藝秘技外，還得知一些在廚房中鮮為人知的冷知識。她越來越喜歡烹飪這一門學問，她相信這一趟旅程將會改寫自己的命運。

明月在窗外高高掛，倩盈曾聽別人說過，外國的月光特別的圓、特別的亮。現處身在法國的倩盈倒覺得這邊的月亮很孤單，獨個兒孤零零的高掛在漆黑的夜空，沒有星星，也沒有雲兒的相伴。

此刻她惦記着香港的家人和朋友，這個時候，在遠方的爸爸媽媽應該在茶餐廳忙着準備早餐，亦鋒也應該在努力練習球技，而家熹一定是在為他即將演出的微電影加緊排練吧！

還有浩謙，自從上星期浩謙失約後，倩盈跟他已經一個星期多沒聯絡了，本來倩盈也很想致電浩謙查問究竟，她卻心有不甘，明明是對方失約在先，為何要自己主動找他？

想着想着，倩盈感到累透了，她爬上牀伸伸懶腰，準備好好休息，應付明天的比試。

突然，倩盈聽到扣門的聲音。

「芬蕾？」倩盈打開門不禁嚇了一跳，看到的竟然是從來都不願意跟她說話的芬蕾。

「倩盈，幸好你還沒睡。」芬蕾臉上露出難得一見的笑容，卻令倩盈感到不自在。

「你這麼晚找我，有什麼事嗎？」倩盈甩甩頭，問。

「倩盈，我有點事情想跟你說。」芬蕾木然地說。

「進來先說吧！」倩盈把芬蕾帶進房間，給她倒了一杯花茶。

經過這一晚，倩盈從芬蕾口中得知原來一直高傲的芬蕾竟是法國名廚的後裔。自從數年前芬蕾家族的兩位名廚也離世，家族中再沒有出色的名廚主理餐廳，令他們的餐廳王國漸漸衰落。所以，芬蕾背負着振興家聲的責任，她想要得到成為了米芝蓮餐廳的廚師名銜，挽救家族的聲威。

* * *

「倩盈，你還在發什麼呆？快開始最後一道菜吧！」美子着急地叫道。

聽到美子怪叫，倩盈立時回過神來，面前一班三星期以來從早到晚一起學習的同學，正觀看着芬蕾與自己的比試。

在之前的七道菜中，她們二人都有錯失，分數大概不相伯仲，所以最後一道菜就是決定勝負的關鍵。

「焦糖香蕉配香草雪糕。」主廚宣布最後的比試菜色。

芬蕾拿起一梳香蕉細心地端詳，然後把一根半熟的香

蕉挑出來，這根香蕉顏色青綠帶一點黃，彎彎的形狀像一輪新月。芬蕾用她那雙纖纖巧手將香蕉皮剝掉，把奶白色的果肉斜切成漂亮的形狀。

左手受了傷的奇夫緊皺着眉，咬牙切齒的他似乎比倩盈還要着急：「倩盈，你要專心一點，把這道甜品用心地做出來，別教我失望。」

「對啊！難道你放棄夢想了嗎？難道忘掉你與在香港那班摯友的承諾？」美子附和着。

「摯友？對啊……亦鋒！家熹還有浩謙，大家也向着自己的夢想勇往直前的……」倩盈喃喃自語。

「奇夫！美子！你們不要在她們的比試期間喧嘩，否則我會把你們趕出廚房！」站在一旁的胖主廚厲聲說，美子吐吐舌頭，立即閉緊嘴巴。

時間一秒一秒地過去，廚房內的氣氛越來越熾熱，全體學員也聚精會神地看着二人決勝負的比試。

剎那間，廚房裏只餘下二人攪拌奶油的聲音。

Day 1 二 熱情的法國人

時間回到三星期前，倩盈剛抵達法國巴黎的第一天，天空下着毛毛細雨，迎接她的是一片灰濛濛的天空。

在機場巴士上，浩謙透過車廂兩邊沾滿水珠的窗，不斷向倩盈介紹周邊的地標，一路上的宏偉建築物把初次來到歐洲的倩盈懾住了。

「我竟然會來到巴黎！」倩盈在玻璃窗上呵一口氣，並在霧氣上畫了個火柴人，「我現在感覺就像做夢般，很不真實！」

「巴黎是個很有趣的地方，很多人說，巴黎人把高傲刻在骨子裏，把浪漫寫在了臉上，把情趣融進血液裏，我想你很快會感受到呢！」浩謙對倩盈說。

巴士從天橋駛到大街，這裏的每一條街道幾乎也有一兩間咖啡館，這些並不是連裝飾擺設也一模一樣的連鎖經營咖啡館，這裏的每一間店子也布置得很獨特，他們把桌椅搬上了行人路，搭建了不同顏色的帳篷作招攬。

隔着玻璃窗，倩盈彷彿都嗅到咖啡濃郁的香氣，令她心情愉快。

「倩盈，你實習的餐廳距離我的學校只不過是一小時的車程，你要是有什麼需要，就即管致電給我好了！」浩

謙説。

「那太好了，昨天我連半句法文也不懂，多得你在飛機上替我惡補法文，我才懂得一些簡單的句子！」倩盈感激地說。

「難為我十幾小時旅程都沒好好睡過，不停給你上濃縮的精讀班！」浩謙歎了口氣，「我為了要到法國留學三年，去年已報讀初級及中級的法語，既然你上星期獲獎後，怎麼不預先學習一下法語？」

「哈哈！」掛着一雙黑色大眼袋的倩盈吐吐舌頭，淘氣地説，「只是到來三星期，説一些簡單的英語也可以吧！」

「你就是懶惰！我真拿你沒辦法！」浩謙無可奈何地說，「不過聽説許多法國人比較高傲，只喜説自己國家的語言，不喜歡説英語的！」

「放心吧，天才小廚師的主辦單位除了安排廚藝課程外，還增添了法語進修班給非法國籍的學員，我早晚也會説出一口流利的法文呢。」倩盈得意地説。

「你看，前面就是你要到的目的地了！」浩謙指着前面一座充滿華麗法式宮庭風格的建築物説。

「就是那座宏偉的酒店？」倩盈伸長脖子望過去，酒店的二樓全層就是她將要實習的地方，「裏面的餐廳很大啊！」

「你不要小窺這間座落在高級酒店內的星級米芝蓮餐廳啊！它在巴黎已經有二百年歷史，是歐洲許多皇室貴族喜歡到來品嘗的食府，而且它在世界各地也有分店呢！」

「皇室貴族？那麼我也有可能會遇上皇子啊！」倩盈雙眼霎時發出光芒，滿心期待地說。

「少做夢吧！你是個廚藝實習學生，只會留在廚房裏實習的！」浩謙輕輕敲一下倩盈的腦袋。

公車駛進酒店的大門前，浩謙與倩盈各拖着一個大行李箱準備走入酒店大堂。

這時，一位身穿燕尾服，頭戴黑色高帽子的外國男士向着二人走過來，他的鼻子長得很高，應該可以掛起一串鎖匙。

「Bonjour!」那男士揚起粗粗的眉毛，向二人問好。

倩盈心慌了，瞪大雙眼望着對方。

「Vous venez de Hong Kong?」男士禮貌地說。

「Oui!」浩謙連忙說，「Elle, Concurrence, Victoire, Pratique.」

「Bienvenue! Nous vous avons attendu pour tre trs longtemps!」男士推開門，示意請二人走進酒店去。

「你們在說什麼？我半句也聽不明白！」倩盈拉着浩謙的衣角，細細在他耳邊問。

「我的法文也不是說得太好，剛才我跟他說出你是來實習的學生，他說他們已等了你很久。」浩謙說。

「你問問他懂不懂說英語好嗎？」倩盈趕緊問浩謙。

「好吧！」於是浩謙向男士問，「Pouvez vous parler anglais?」

「Ok！」對方作了個沒問題的手勢。

「那就太好了！」倩盈以簡單的英語回答。

於是男士便開始用英語向二人介紹：「你參加的是一個全球性的烹飪比賽，我們從世界各地挑選出八位優勝者來這裏實習，當中有來自法國、美國、英國、澳洲、日本、新加坡和香港的青少年，大家在上星期已陸續來到，明天便會正式開始廚藝實習。

「啊！原來是這樣！」倩盈暗暗說。

「倩盈小姐，我先帶你上員工宿舍休息，我們安排了另一位實習女生跟你住在同一間房間。」男士說。

「好的，謝謝你。」倩盈環顧酒店的大堂，這裏的布置高雅綺麗，滲透着一份宮廷的華麗氣息。天花板上全是細緻的雕刻，吊在中央的巨大水晶燈散出發金碧輝煌的色調，一排黃銅鍍金的柱子氣勢磅礴地引領客人走上二樓的餐廳。

「倩盈，既然你已安頓好，那麼我先走了！」浩謙看看手錶，說，「我也是時候回到學校報到。」

「那……」倩盈回過神來，還是感到擔心。

浩謙從口袋取出一張細小的卡交給倩盈：「剛來我在機場替你買了電話卡，只要插入電話內再輸入密碼，就能在這邊打電話和上網。」

「謝謝你啊！」倩盈接過電話卡，似乎消除了一些疑慮。

「你有什麼疑問就打電話給我吧！」浩謙拍拍倩盈的肩膀，給她最大的信心。

與浩謙分別後，倩盈便隨着法國男士走向自己的房間，能夠住在這所五星級的酒店，倩盈心想實在太幸運了。

「你是第一次來巴黎嗎？」對方揚揚濃密的眉毛，問。

「是啊！」倩盈點頭，禮貌地微笑。

「我叫阿歷，是酒店的經理。」阿歷把每句句子慢慢說出來，遷就倩盈的速度，「在這段實習的日子，你要是有什麼需要，請隨便跟我說。」

「謝謝你，阿歷。」阿歷是倩盈第一位認識的法國人，起初感覺高高瘦瘦的他有一點嚴肅，但在往後相處一段時間後，漸漸地發現阿歷原來也很風趣。

「咚咚！」阿歷帶着倩盈來到一間房前，輕輕扣門。

打開門的是一位跟倩盈長得差不多高的女孩，她的皮膚白得像雪，小小的眼睛內藏着水汪汪的黑色眼珠，她束起兩條烏黑的小辮子，前額的瀏海整齊地蓋着眼眉，好不可愛。

「你好！」少女眨眨雙眼，禮貌地用英語向着阿歷和倩盈問好。

「美子，這是你的同房倩盈，她是從香港來的。」阿歷說。

「太好了，我終於有同房了！」美子高興得捉緊倩盈的手，「這幾天我一個人在這麼大的房間睡覺，多麼害怕。」

「哈哈，她是從日本來的福山美子，她也是說英語比法語流利。」阿歷向倩盈介紹，接着便替她把行李拿到房間裏。

「美子，麻煩你把實習的流程向倩盈介紹一下，我得回去工作了！」阿歷拜託美子說。

「好的，請放心把倩盈交給我吧！」美子笑着向阿歷揮手告別。

「謝謝你，再見。」倩盈說。

倩盈走進房間，發現這間房間比她在香港的住所還要大，雖說是實習生宿舍，但是這裏的裝飾同樣帶有宮廷般的華麗。兩張寬大的牀分別放在房間的兩旁，每張牀邊有一張畫滿了玫瑰花的書桌，房間中央那道落地的玻璃窗可以從高處窺看巴黎的街道，窗簾是深紅色金銀絲鑲邊天鵝

絨，牆壁掛了一幅巴黎鐵塔的油畫，充滿着法國的風情。

「這間房間真美麗啊！」倩盈讚歎說。

「對啊！」美子拉着倩盈來到另一道門前說，「裏邊還有一個浴室！」

「啊！」倩盈探頭進去，從沒有想像過浴室也可以如此豪華。

「美子，你來了這裏很多天了嗎？」倩盈問。

「已經第四天了，起初我也不習慣，但漸漸也開始適應這裏的生活了，」美子說，「我們共有八位實習學生，都是來自世界各地，酒店安排我們早上學習法文，中午學習廚房的基本技巧，晚上讓我們到廚房，輪流到不同的部門親身實習，了解廚師的工作。」

「廚房也有不同的部門嗎？」倩盈好奇地問。

「是啊！」美子說，「這裏的廚房規模很大的，共有一百多人，不同部門負責整理不同材料和食物，例如是處理肉類、魚類、蔬菜類、前菜、燒烤和甜品，全部分工也很精細的。」

「啊！」倩盈發現自己原來對大酒店的廚房認識一竅不通，此刻才懂得緊張起來。

「放心吧，你也會慢慢適應過來的。」美子見倩盈面有難色，於是鼓勵她說。

之後，倩盈用心地聆聽着美子的介紹，可是卻忍不住打了幾個呵欠。

「我想你坐長途飛機過來也很累了，也許你需要洗澡和睡一會吧！」美子頓一頓，體貼地說，「等一會我再慢慢跟你說這邊的學習安排吧！」

「好啊！」眼皮幾乎合上了的倩盈說，「不過我想先致電回家，免得父母擔心。」

「好的！請隨便吧！」美子禮貌地點點頭，然後回到自己的書桌翻閱筆記本。

Day 2　三　言語不通的一天

「倩盈，要起牀啦！」美子拍醒熟睡中的倩盈。

「什麼事啊？我還未睡夠呢！」倩盈用力地張開一隻眼睛，看到一道刺眼的白光，於是便把雙眼緊閉起來。

「快十時了，我們要去上法文課了！」美子緊張地説。

倩盈無奈地看看手錶，是凌晨三時，於是迷迷糊糊地把頭埋在鬆軟的枕頭裏。

「倩盈，你再不起來便會遲到了！」美子不停地搖晃着軟攤攤的倩盈。

倩盈漸漸回復知覺，她再次努力地睜開眼睛，從剛才的美夢中回到現實世界裏。

「我喚了你半小時，你也醒不過來，快把我嚇死了！」美子緊張地説。

「啊！美子！」睡眼惺忪的倩盈揉揉眼睛，「不好意思，我實在太累了！」

「還有十分鐘便要上法文課了！」美子再三提醒倩盈。

「十分鐘？放心吧！我只消五分鐘便可以出門口！」於是倩盈一躍而起，她似乎早有準備，一手拿起牀邊的衣服，一溜煙地跑進洗手間去。

一瞬間，倩盈便神采飛揚地從洗手間走出來。

「你梳洗更衣的速度真的很快啊！」美子驚訝地望着容光煥發的倩盈，完全不像剛從睡牀上爬起來。

「這是長期訓練的成果啊！」倩盈心底也很佩服自己，她覺得多年來快速洗臉更衣的習慣實在太有用處了。

於是二人一起來到酒店三樓的會議廳，早已有四個學生坐在長方形的長桌上，法藉老師正跟同學們閒談，大家看到美子與新來的同學步入課室，都投以好奇的目光。

「各位好，她是從香港來的倩盈，她跟我們一樣，都是在天才小廚師比賽中獲勝，來實習廚藝的。」

「Accueil！」長着一頭棕色曲髮，藍色眼珠的法語老師Miss Kaye向倩盈招手，示意她走過去。

「大家好，不好意思我的法文很差，不過我會努力學習！」倩盈一面尷尬，一面用英文説道。

其他同學一面笑着，異口同聲地回應：「嘻嘻，我們也是啊！」

於是Miss Kaye向倩盈逐一介紹不同的同學：「這些同學都是來自不同的地方，這位是從美國來的彼得，這是從英國來的大衛，這是從澳洲來的朱迪，這是來自新加坡的奇夫。」

「另外，還有兩位來自法國南部的實習生芬雷和奧圖

都是來實習廚藝的，由於他們的母語是法文，所以不用上法文班，」美子補充說，「一會兒上示範課時你便會見到他們。」

「嗯！」倩盈一面認識眼前的新同學，一面回答。

彼得的頭髮是自然捲曲的，大衛的鼻樑上架着一副圓形的大眼鏡，他們都長得高大，看起來年紀比倩盈大，應該有十七、八歲；而笑容甜美的朱迪和個子瘦削的奇夫應該跟倩盈的年紀差不多。

Miss Kaye開始重溫過去幾天的教學，一方面令同學溫故知新，另一方面好讓倩盈了解大家的進度。

Miss Kaye以輕鬆的態度教大家基本的生字，當中大多數是跟廚房有關的，例如是食物和廚具的名稱、數量、時間、重量等等，她說話時舌頭不停捲動，發音時喉頭帶着震動，學員都不容易跟上。

課堂上，Miss Kaye準備了飲料和三文治給大家享用，學生遇到不明白的地方可以隨時發問，而且又有分組活動，在這種教學氣氛下，學生更主動表達，加強了學習的成效。在短短的一堂課內，倩盈就與班中的同學熟稔起來。

轉眼間，兩小時的法文班就結束了，大家有一小時的休息時間，美子帶着倩盈到處參觀，認識一下四周的環境。到了中午十二時，大家便來到員工飯堂集合，準備享用午膳。

「美子，我想到洗手間啊！」倩盈說。

「洗手間就在前面的走廊盡頭，你從這裏向前走，然後轉右便是了！」美子指着不遠處。

「好的！謝謝你！」倩盈一直向前走，她來到一道白色的門前，門上貼着倩盈看不懂的法文標示，倩盈以為是洗手間，於是推門走進去。

「咦？怎麼不是洗手間？」倩盈看到裏面全是銀白色的、一組組從地下伸延到天花的大櫃，數百個櫃筒，幾張長長的枱子，還有大大小小的盤子、樽子、瓶子和不同的、鋁造的廚房器具。

這些物件的形狀新奇，令倩盈忍不住走上前去看個究竟，正當她拿起一件古怪的器具時，身後傳來一陣巨大的喝斥聲。

「Qu'est-ce que tu fais!」一位穿着一身純白色廚師服飾的栗髮少女高聲喊道。

倩盈嚇了一跳，一不小心掉下手中的器具。

「嘭！」鏗鏘的聲音令對方更加震怒。

這位少女毫不客氣地指着倩盈厲聲喝斥，她以流利的法文一口氣說了很久，猶如機關槍般掃射着倩盈。

倩盈雖然聽不明白對方在說什麼，但她大概也知道自己闖了禍，於是連忙垂下頭，用不純正的法文向對方道

歉：「Désolé！」

怎料栗髮少女仍舊不斷指責倩盈，而且語氣態度也越來越差，於是倩盈唯有離開這間房間。

倩盈沿着剛才的路回到員工飯堂，她看到美子，便把剛才發生的事一一告訴她。

「我想你剛才一定是去了調味庫了。」美子猜測。

「調味庫？」

「調味庫擺放了各式各樣香料、醬料、水、醋等調味料。」美子解釋着，「由於廚房每個部門每天都要到那裏拿取所需的調味料，所以每樣調味料的存量必須有系統地管理，才能避免缺貨，所以出入調味庫都要登記。」

「啊！我不知道有這樣的規矩啊！」倩盈尷尬地低下頭。

「另外，穿着整齊廚師服是到廚房的首要規定，否則被主廚看到，就會有被辭退的危險呢！」美子認真地告誡着。

「原來會這麼嚴重！」倩盈雙手掩着臉，深深吸了口氣。

「也難怪你不知道，你還未看過入廚須知的通告！」美子説，「它就放在你書桌上，你今晚好好看一遍，才不會再碰壁！」

「好吧！」倩盈無奈地點頭。

吃過飯後，同學們準備開始三小時的示範課，第一個小時是看導師示範，隨後的兩小時是由同學自行練習做同樣的菜式。

倩盈跟其他實習生一樣，每人都有一套屬於自己的法式廚師制服，純白色的廚師服配襯着金色的雙排釦鈕，配上一條藍色的小領巾，再帶上一頂圓圓扁扁的廚師帽，幾個少年一下子就變成了專業小廚師。

倩盈第一次穿起專業的廚師服，感覺很奇妙，她忍不住在鏡子前左照照右照照，心情太好了。

來到示範課室，導師是胖胖的餐廳主廚布羅，他的臉龐圓得像個皮球，說話時聲音洪亮。他頭上的帽子比他的頭還要高兩倍，倩盈忍不住輕輕問身邊的美子：「他的帽子很高呢，你看會不會隨時掉下來？」

美子笑着答：「廚師帽是身分的象徵，只有主廚才能戴上直立高聳的廚師帽，副廚的帽子比主廚矮一點，而像我們這些實習生只能戴着低垂的圓帽子。」

坐在美子身旁的奇夫說：「法國料理，從一層爬上一層要通過很多考試磨練、修業經驗、師承淵源等等，廚師制服的繁瑣設計就已把他們的資格、身分、經驗、地位、階級清楚呈現。」

「啊！想不到竟然這麼考究！」倩盈此時才知道，原來單是廚師制服的各樣配件，都有階級含意在其中，可見廚師這種職業在法國非常講究。

「還有啊，你看，一般廚師圍裙只能至膝蓋，但階級高的主廚才可長至腳踝呢！」美子補充着。

「咦！怎麼會是她？」倩盈轉頭看到站在教學室的一角，就是剛才責備她的少女。

「美子，你知道那個挽了個高髻子、眼神凌厲的少女是誰嗎？」倩盈拍拍身旁的美子，輕聲問道。

「她是芬蕾，站在她左邊的是奧圖，他們就是其餘兩位法藉的實習生。」

「剛才就是芬蕾責備我啊！」倩盈尷尬地說。

「啊！原來是她！」美子說，「芬蕾的個性比較高傲，從來不喜歡跟我們這些來自不同國家的實習生來往，不過她的廚藝很了得。」

「是嗎？」倩盈望着長得高挑的芬蕾，她的眼睛深邃明亮、鼻子高高，算是一位美少女。

此時，芬蕾帶着不屑的眼神向着倩盈與美子瞄了一眼，然後跟身旁的奧圖耳語一番。

身材魁梧、古銅色皮膚的奧圖，跟隨着芬蕾的視線望過來，他揚揚眉打量着倩盈，嘴角冷冷地往上牽，令倩盈感到不自在。

「Les Cours Commencent Maintenant!」主廚布羅威嚴地說出一句話來，示範課正式開始，於是學生們立即把

目光集中在他身上。

布羅把一疊厚厚的課程資料逐一派發給大家，倩盈打開資料，裏面以法文和英文雙語介紹酒店及主廚師們的背景、廚房規條和基本常識，以及五十道用作實習的菜譜。

倩盈看到一堆密密麻麻的文字，就感到頭痛了。

由於今天是第一堂示範課，於是布羅教大家煮一道比較簡單的法式田園蔬菜湯，順便了解各位同學的廚藝及技巧。

除了芬蕾和奧圖外，其他實習生都是來自不同的國家，大家對法國菜都感到很新穎，反而芬蕾和奧圖對布羅講解的法國菜基本資料感到沉悶。

布羅用最簡單的法語配合動作向同學們講解，偶爾他也會用零碎的英文重複重點。他首先把工具箱裏的主要刀具都介紹了一遍，接着就藉着這道田園蔬菜湯，示範幾種常見的切菜法，從削皮，到切粒、切片、切碎等等。

由於課程資料沒有記錄每個步驟與要點，所以每位實習生都很專心地把所有步驟都抄到筆記本上。

看着布羅示範，倩盈感到十分神奇，原來做菜真有許多竅門。從前她在茶餐廳幫忙做的都是簡單的茶餐，偶爾也有留意爸爸在廚房裏煎、炒、煮、炸，但那些中式的煮法與法國餐截然不同。

雖然倩盈聽不明白布羅的法文，卻看清他處理食物的技巧。倩盈發現當她抄錄的時候，很容易遺漏其他重點，於是她放下筆記，只管看清楚每個步驟。

兩小時的示範很快便完結了，布羅把顏色鮮艷的田園蔬菜湯放在精緻的碟子上，分給同學們試味。

「真好喝！」同學們異口同聲説。

「C'està Votre Tour!」布羅向大家微笑，然後示意大家開始練習。

彼得、美子和朱迪看起來有點緊張，他們不斷翻閱自己記下的筆記；奇夫和大衞就不斷討論，看起來他們有很多不明白的地方；奧圖和芬蕾胸有成竹地把面前的蔬果切粒，看起來他們的刀法很厲害。

於是，倩盈也開始動手了，她在腦海裏回想剛才布羅的示範，再把各項工序重新排列，先煲兩鍋水，水沸後把鮮肉骨放進細鍋內，待幾分鐘撈出用清水沖去表面的浮沫，然後把洗淨的肉骨放大鍋的沸水裏慢慢熬煮。再把全部的蔬菜分批洗淨、切細和炒香，跟據不同的時間把炒香的材料放入大鍋內。

倩盈專注地做菜，沒發現布羅不時留意着自己的舉動。

兩小時又過去了，實習室香氣四溢，大家也把煮好的湯放在面前，讓布羅及其他同學試味。

「很好，我有一點意見給大家。」布羅逐一試味後直

接道出自己的意見，說，「彼得可多加蕃茄；大衞要注意切蔬菜的大小；朱迪煮的湯很淡，因為水太多了；奇夫別放太多鹽啊！美子似乎忘記放入洋葱；奧圖下次要鍛煉一下切菜的速度呢！」

芬蕾瞪大雙眼，緊張地等待布羅的意見。

「芬蕾……湯的味道和蔬菜的大小都做得不錯，」布羅頓了一頓說，「可以多留意準備材料的次序。」

「但我經已是跟着你教授的步驟逐步照着煮的，有什麼不對嗎？」芬蕾不解地問。

「如果你懂得善用時間，你煮的湯就會比現在更加濃郁，你自己想一想吧！」布羅的説話令芬蕾感到不快，卻無法辯解。

「至於倩盈，」布羅皺一皺眉頭，「你最大的弱點就是法文程度不夠好，我多次問你問題，你也不知道我在跟你說話。」

「他說什麼？」倩盈抓抓頭，問身邊的美子，「我一句也聽不明白啊！」

美子聳聳肩，只好無奈地向她解釋一遍。

三小時的示範課在愉快的笑聲中完結，同學們拖着疲累的身體，感動地喝着自己親手炮製的第一道法國菜。

Day 3 四　艱辛的實習課

完成了三小時的示範課後，接着是兩小時的休息和晚飯時間，這時，天空已經由藍變成黑，而最忙碌的實習工作正等待着學生們。

主廚把八位實習生分為三小組，每星期輪流到不同部門去學習，彼得和美子是第一組，被派到甜品部去；朱迪、大衛和奧圖是第二組，被派到冷食廚房去；而芬蕾、奇夫和倩盈就是第三組，被派到熱食廚房去。

晚飯後，三組隊員吃過晚飯便懷着期待的心情，出發往自己所屬的廚房組別去。

性格高傲的芬蕾似乎不太願意被安排與倩盈一組，她撇撇嘴巴，獨個兒加快步伐走向熱食廚房。

「太好了，奇夫！我竟然可跟你一隊！」倩盈跟着奇夫一面向着熱食廚房組走去，一面感激地說，「一定是主廚知道我的法文太差，怕我聽不明白廚師的法文，特地把我們編到一隊，讓你可指導一下我！」

「其實我的法文也不算太好。」奇夫以流利的粵語回答倩盈。

「我真幸運，在這廚藝實習旅程遇到懂得粵語的你！」倩盈高興地說。

「是啊！我的媽媽是澳門人，爸爸是新加坡人，所以我懂得説粵語。」奇夫説，「我們互相指導吧！我看你在示範課的表現也很好。」

「好啊！」倩盈説，「是呢，你為什麼喜歡學廚藝？」

「我從小就很喜歡吃甜品的，尤其是媽媽做的，」奇夫説，「我的夢想是當一個甜品廚師，讓大家也可品嘗既精緻又好吃的甜品。」

奇夫頓了一下，問：「那你呢？你的夢想是什麼？」

「我？」倩盈一怔，「其實我仍在找尋自己的夢想，不過，我發現自己越來越喜歡廚藝，會向着這個方向繼續尋找要走的路！」

「好吧！我們一起努力！」奇夫説。

推開廚房的大門，六位廚師已在不停地忙着。

不愧為星級的廚房，這裏的設備十分齊全，而且地方光潔如新，廚師們穿上整齊的廚師服，專業地專注眼前的工作。

熱食廚房的大廚是位叫查多拉的法國中年男士，他擁有一張飽歷風霜的臉，眼神特別鋭利。他的廚師帽跟胖主廚布羅的一樣高，不過身形就相差得遠，高高瘦瘦的他在嘴巴上方留了一撮往上翹的鬍子，很配襯他那威嚴的樣子。

「三位同學，」大廚查多拉上前迎接芬蕾、奇夫和倩盈，他以流暢的法語說，「歡迎你們來到我的廚房學習，這裏的工作很辛苦的，你們準備好沒有？」

「我早已準備好了。」芬蕾說。

「我也準備好了。」奇夫說。

可是倩盈糊里糊塗的仍聽不明查多拉的話，在奇夫的翻譯下，倩盈才懂得向着查多拉用力點頭。

「熱食廚房故名思義做的菜都要熱的，為了讓東西能夠熱烘烘地捧出廚房，烹調的時間必須很精準，不容有失，」查多拉說，「你們今天第一天來到熱食廚房，你們就站在廚師的旁邊學習他們做菜，明天開始就要親身幫忙下廚了！」

查多拉向三位實習生介紹了廚房的二廚和幫廚們，吩咐他們好好指導大家。

由於每位廚師都會專門負責幾款主菜，於是三位實習生就走到不同廚師的身旁，觀摩着他們的技術。

倩盈來到二廚卡龍的身邊，他正在準備的菜色是「香煎豬扒配橄欖形紅蘿蔔」。

卡龍首先拿起一塊粉紅色的豬扒，他把豬扒翻來轉去檢查一下肉與脂肪的比例，然後用刺針刺在豬扒的兩面，再把醃料均勻地塗在豬扒上。

接着，卡龍準備配菜，他把紅蘿蔔削成橄欖形，他的

刀法出神入化，無論速度和切出來的形狀都令人讚歎，然後他以奶油加糖大火快炒，煮好後留在鍋裏保溫。

卡龍選了一個較大的煎鍋，「哄」一聲起了火，在鍋裏塗了一層香濃的牛油，以大火先煎豬扒的兩面,鎖住裏面的肉汁，再改中慢火去煎半熟的豬扒。當豬扒開始變硬，顏色呈現微黃，卡龍便隨手撒下一些香料，香噴噴的豬扒便可以上碟。

最後，卡龍把一早熬好的秘製醬汁薄薄地鋪在純銀碟子上，把豬扒小心翼翼地擺放在中央，然後在豬扒上放置一堆比頭髮還要幼細的洋蔥絲，再把剛才已準備的橄欖形紅蘿蔔放在碟子旁邊作點綴。

倩盈一面看着卡龍熟練的雙手，一面從口袋取出筆記簿抄下重點，同時間用心記着每個細節，可是卡龍的動作實在太流暢了，差點令倩盈的眼睛趕不上他的速度。

金黃色的豬扒下是帶有微酸味道的墨綠色秘製醬汁，當中混入了黑色的蘑菇碎粒，豬扒上面是一堆紫白色的洋蔥絲，旁邊還放了數顆橘紅色的橄欖形紅蘿蔔粒。這一碟彩色的豬扒精緻得有如一件工藝品，除了顏色豐富外，而且肉香撲鼻，色、香、味俱全。

完成這道菜後，卡龍立即送到出菜口，好讓送餐的侍應把熱騰騰的美食儘快送到客人面前。

「明白嗎？」一直沉默的卡龍問開口問倩盈。

「嗯。」倩盈一面點頭，一面在筆記簿記下重點和煮豬扒的竅門。

倩盈站在卡龍身邊一整晚，看到卡龍重複地做了幾款不同的主菜，技巧熟練的他做每一道菜也十分認真專注，絕不會馬虎了事。

卡龍知道倩盈不太懂法文，於是他們在煮菜期間沒有太多的交談，只在最重要的步驟示意她細心留意。

看到卡龍的廚藝，倩盈才領會什麼是專業，縱使他整晚雙手從沒有停止過，面對熱烘烘的火爐，也面不改容，以認真的態度去做每一道菜。

這時，幫廚把一大疊單遞給卡龍，原來外面突然來了許多客人，都點了卡龍負責的主菜。

「我有什麼可以幫忙嗎？」倩盈鼓起勇氣問。

卡龍打量一下倩盈，問：「你會做什麼？」

「我……我可以做這些。」倩盈指着一些配菜的材料，說。

「嗯，那好吧！」卡龍說，「你就把蘋果削成長長的薄片，把青瓜切絲吧！」

「好！」倩盈難得聽明白卡龍的話，於是立即走到一旁，準備動手幫忙做配菜。

倩盈拿起菜刀用心地照着幫廚的示範切呀切，削呀削，而卡龍和幫廚就爭取時間做主菜和其他的配菜。

過了大概二十分鐘，卡龍完成了三份牛排和四份爐魚，他吩咐幫廚到倩盈身旁，看看配菜的進度。

「你怎麼搞的！」幫廚高聲呼叫，其他的廚師和實習生都立即望過來看個究竟。

「發生了什麼事？」卡龍問。

「你看！」幫廚隨手拿起一堆倩盈切好的青瓜絲和蘋果片，怒氣沖沖地說，「這些青瓜絲的大小和長短都不同，一些很粗很長，一些很短很幼，而蘋果片也是一樣，厚薄不一致，怎可用？」

卡龍檢視一番，不禁皺一皺眉頭，說：「全部扔掉吧！」

於是幫廚毫不客氣地把一盤青瓜絲和蘋果薄片扔到垃圾桶內。

「對不起……」雖然倩盈不太聽明白二廚的批評，但看到二人的樣子，都猜到是自己犯錯，於是不好意思地道歉。

「道歉是無補於事的，」卡龍搖搖頭，說，「要是你沒有把握的話，請不要提出幫忙了，這反而會影響我們的運作，這裏不是學校，這裏是星級的食府，是不容許犯錯的。」

幫廚老實不客氣地、狠狠地多加幾句：「對！客人也不是老師，只要一次煮得難吃的話，他們就不會給你機會

再來光顧！」

在眾目睽睽之下被責備，倩盈感到十分難堪，她沒想過自己會越幫越忙，連累到他人。

這個時候，查多拉帶着難看的表情走過來看個究竟：「沒有配菜的話就不能出，主菜不能放太久，牛扒和魚放久了就會變硬，卡龍你重做吧！」

「查多拉大廚，請等一等！」就在這個時候，芬蕾捧着一碟青瓜絲和蘋果片上前來，說，「剛才我聽到你們要這些配菜，又看到倩盈配菜的形狀不理想，擔心你們不合用，於是我在另一邊準備的，你看看合用否？」

查多拉拿起芬蕾準備的配菜，無論形狀、大小、長度都合乎標準，於是滿意地點頭：「很好。」

卡龍和幫廚得到查多拉的首肯，便立即把青瓜絲和蘋果薄片分配到牛扒和爐魚上，再加上其他的配料和醬汁，七份主菜總算得以完成。

正當倩盈想向芬蕾道謝的同時，芬蕾竟向着倩盈投來一道鄙視的目光，令原本愧疚的倩盈更覺難堪。

這一晚，令原本充滿自信的倩盈受到重大的打擊，她難過也無助，想哭卻哭不出來。

到了晚上十時，實習完結，倩盈、奇夫和芬蕾幾位實習生先離開廚房回到宿舍，一路上奇夫不斷安慰倩盈，卻也難掩她傷心的心情。

回到宿舍後，縱使倩盈體力透支，身心疲累，但她整晚也輾轉難眠。在寂靜的房間裏，同房的美子早已倒頭大睡，只有倩盈不斷回想自己在實習時犯的過錯，也在反思如何在未來的幾天彌補自己的過失。

往後的一星期，倩盈都很努力地學習法語，從前在課堂上最喜歡做白日夢的她也不敢再怠慢，把老師教的字句也一一記錄在筆記簿上。現在倩盈總算能夠讀出一些基本的法文單字，但較為長的句子就難倒她了。

示範課是她最喜歡的時光。

一班同學一起合作，製作出從未試過的美味菜色，她先後做過法式沙律、檸檬批、黑松露奶油濃湯、鵝肝拼盤，雖然偶有失手，但食物是做給自己吃的，不會影響到別人，而且胖主廚布羅嘴巴常掛着燦爛的笑容，同學們亦會互相幫助，令她感覺輕鬆。

到了晚上的實習課就教倩盈非常緊張。

廚房就像個大競技場，每一張點菜單都是一項不容有失的任務，廚師們要運用巧妙的雙手和豐富的經驗應變突發的事情。

反之在熱食廚房實習的時段，由於上次的失手，倩盈不敢再提出幫忙做菜，她只站在廚師身旁認真地留意各種細節，聽着廚師偶然的解說及吩咐，幫忙把廚師準備好的配菜小心地放置到不同的碟子上，和把熱騰騰的主菜傳遞

到出菜口去。

在這星期的學習中，倩盈接觸到很多不同的美食，她深深感受到廚師原來不是個簡單的工作，了解到廚師的責任和重要性，對廚房運作的認識亦加深了不少。

Day 5 五　第一個假期

轉眼就過了五天了，實習生們都可以在星期日休息一天，不用上法文課！不用上示範課，也不用上實習課，於是倩盈相約浩謙到巴黎市中心遊覽，認識一下這個美麗的城市。

倩盈早已解決了時差的問題，過去幾天，從早到晚不停的學習法文、廚房的規條、食物的特質、煮食的技巧和走到戰場一樣的廚房實習令她疲累不堪，酸軟的雙手雙腳似在不停地控訴。

每天晚上，倩盈總是帶着滿身油煙氣味回到房間，她立即把自己埋在鬆軟的單人牀上，好讓手腳舒緩一下，待同房的美子洗澡完畢，自己才不情願地爬起來沐浴更衣。

倩盈怎麼會想到這份天才小廚師比賽的「獎品」會如此累人？

「當廚師的感覺是怎樣？」浩謙與倩盈在馬路旁並肩而行，向着遠方那座艾菲爾鐵塔走過去。

「很辛苦啊！」沒精打采的倩盈打了個呵欠，搖搖頭說，「從前我在電視上看到那些優雅的法國大廚，帶着微笑就能輕輕鬆鬆地完成菜式，原來都是自己的錯覺。」

「你看起來很累啊！」浩謙不經意地望着倩盈，只不

過分別了幾天，卻似乎瘦了一個圈兒。

「這幾天我的日程安排得滿滿的，早上要學法文，下午上示範堂，晚上到熱食廚房實習，從早到晚用盡了我的腦力、眼力和體力，」倩盈又再打一個呵欠，說，「在這幾天之前，我從來未嘗過累透是什麼的滋味。」

「那你今天為什麼不多睡一會，還要這麼早跑出來？」浩謙皺着眉擔心地問。

「難得每星期只有一天的假期，我當然要出來到處逛逛，」倩盈揉揉眼睛繼續說，「聽說巴黎是個浪漫的城市，我一定要親身感受一下！」

「你要感受浪漫，也得小心財物呢！」浩謙指着倩盈打開了的袋子，告誡她說，「遊客區特別多小偷出沒，要是你遺失了護照和錢包，會十分麻煩的。」

倩盈撇撇嘴巴，立即拉上手袋的拉鏈。

大清早的街上行人不多，巴黎早晚的天氣清涼，下午就變得炎熱。浩謙穿了一件薄薄的毛衣，掛在他背上的，仍然是那個粉藍色、脹鼓鼓的大背包。

微風輕吹，啡黃色的樹葉便從兩旁的樹上輕飄下，落在地上翻捲着，奏出沙沙的聲音。落葉聚集在一起，給城市添上了一種秋天的色彩，散發着一份蒼涼的美麗。

「那，你習慣了這裏的生活嗎？」浩謙問。

「溝通是最大的難題，在示範課中，一班來自不同國家的學生都會以英語溝通，我大概也明白大家的話，但到了實習，廚房裏的廚師大多是地道的法國人，他們只會說法文，我只可以單憑幾個認識的單字去猜度他們的意思。」倩盈歎口氣，帶着內疚地說，「因此我在第一天實習時就弄出了許多的問題來，連累到其他廚師。」

「他們有責怪你嗎？」浩謙托起快要掉下來的眼鏡，問。

「也不算責怪，」倩盈說，「廚房其實就像是一個戰場，主廚師就是前線的指揮官，菜單越多，說話速度就會越快，而且聲音越來越大，其他廚師的動作就自然地加快，七手八腳的宰海鮮、烤魚烤蝦、調味等，我倒像是什麼也幫忙不到，站在旁邊發呆。」

「他們是巴黎最有名的廚師，當然很厲害！」浩謙鼓勵倩盈，「每一顆細微的鏍絲對於一件機械都會發揮重要的作用，你絕不能因此失去信心！」

倩盈露出一絲愁容，續道：「起初我還以為，那一股對烹飪的熱誠和些微的天分足以支持我這個夢想，我實在太天真了！」

「即使是天才，也得付出比普通人更多努力，才會有令人刮目相看的成就！」浩謙鼓勵着倩盈，說，「從前你在茶餐廳工作，現在你在米芝蓮星級餐廳學習，根本是兩碼子的事，你不要怪責自己啊！」

倩盈沒作聲，低着頭似乎思考着浩謙說的話。

此刻在倩盈的臉上，再也看不到燦爛的笑容，亦聽不到活潑的聲音，她彷彿一下子變成了另一個人。

看到倩盈憔悴的面容，浩謙的心感到冷冷的，快要凍傷了。

於是浩謙打開了另一個對話匣子，希望能引起倩盈的興趣：「那麼你這幾天學了什麼菜？」

「由於第一天犯錯，大廚沒有再安排我動手幫助什麼，只叫我學習幫廚處理配菜，例如把蘿蔔切成半透明的薄片，再拿捏成一朵花；或是把蘋果削成絲，用來吸去承在上面的肉類的油分；或是挑出香蔥的尖端，收集起來裝飾碟子。」倩盈認真地向浩謙解釋着。

「聽起來處理配作菜工序也不容易啊！」浩謙讚歎地說。

「我在他們之中鑽來鑽去，把幫廚準備好的配菜小心地放置到不同的碟子上。」

「原來每個工序都有專人負責！難怪法國菜價格如此昂貴！」浩謙笑說。

「是啊，法國菜很講究觀感，即使是小小配菜，也要一絲不苟的。」一提起煮菜，倩盈便自然地擺出一副專業的樣子來。

「唉！」倩盈歎口氣，無奈地說，「只是小小的配菜就已不簡單，我深深感覺到現實中的廚藝路，比想像中的要困難許多。」

「不過，既然來了，我就要把學到的東西盡量裝進腦袋去，於是我會在第二天早上，提早起牀偷偷走入廚房，把晚上學到的配菜製作方法自行試做一遍。」倩盈苦笑説。

「你早晚也要學習，還要早起練習，你不怕累嗎？」

倩盈輕輕搖頭，一直向前踱步，輕輕説：「我不喜歡成為別人的負累。」

浩謙放慢了腳步，從背包拿出他那部火紅色的相機，他望着倩盈那失落的背影，忍不住輕輕按下快門。

倩盈回望着身後的浩謙，她的雙眼開始發紅。她不禁問自己，當廚師真是她嚮往的夢想嗎？

「你看！」浩謙指着倩盈的前方，一羣灰白色的鴿子散在草地上啄食。

「很多鴿子呢！」倩盈看到一位老人把麪包糠撒在地上，引來一羣鴿子爭相搶食。

原來，他們已在不知不覺間置身在一個寬闊的廣場，這個地方吸引了不少年青人來，他們躺在墨綠色的草皮上談天説笑，享受着熱情的陽光；也有一家大小在野餐，共聚天倫。

倩盈心想，這種悠閒的生活模式，很難會發生在忙碌

的香港。

突然，一隻鴿子從倩盈的耳邊呼嘯而過，嚇得她抱着頭怪叫起來。

這麼趣怪的情景剛好被浩謙拍下，他凝望着屏幕上的照片，禁不住咧嘴偷笑。

「笨蛋！」浩謙指着倩盈笑說。

「你才是！」倩盈擦去眼角的水珠，一下子回復了天真的笑臉。

「來！我再替你補習法文！」浩謙甩甩頭，說。

「什麼？補習？我不要！難得假期，我還要四處逛逛！」倩盈皺起眉頭，身體自然地往後退。

「過來吧！我們有很多的時間！」浩謙一手拉着她走進附近的超級市場裏。

倩盈不情願地跟着浩謙走到一所叫做「FRANPRIX」的超級市場，二人走進去就看到一個闊大的甜點櫃，載着色彩繽紛的餅乾、蛋糕。

「要了解一個城市，逛逛當地的超級市場就是最快捷的方法！」浩謙對倩盈說，怎料倩盈一下子就被那灑上粉紅色糖霜的甜甜圈吸引着，嚷着要吃。

浩謙唯有以法文跟店員溝通，然後店員把一個甜甜圈遞給倩盈，把另一個黑色的牛角包遞給他。

嘴裏的滿足令倩盈笑容再現。

「我們一面逛，一面學習生字吧！」浩謙咬了一口手中的牛角包，說，「要達成夢想，除了天分外，努力亦是極之重要的啊！」

倩盈被新奇的貨品吸引着，倩盈沒有在意浩謙的話，她指着一位客人的購物籃，說：「你看！這裏購物籃的把手可以伸長，變成小形手推車，體積輕巧，拉着購物既方便又不會阻礙其他客人！」

「是啊！這間超級市場的布置和設計都很貼心，」浩謙說，「而且這裏的產品都明確的寫上名稱、標價及註明產地，你把一些日常會應用的食材，多看多讀，到實習時就能減少因語言上的溝通而犯錯。」

他們首先來到蔬菜區，這裏可說是應有盡有，各式新鮮蔬果分類堆放，林林總總，整齊排列，紅、橙、黃、綠、青、藍、紫，各種顏色的菜都能找到，還有許多形狀特別的蔬菜種類是他們未曾見過的。

浩謙指着放在蔬果欄的名牌，用拼音逐一唸給倩盈聽，過了一會兒又要倩盈重唸一遍，確保她沒有在發呆。

「咦！」倩盈突然張大了口，好像想起了什麼。

「什麼事？」

「我看到這種小蕃茄便想起你天台上的小小農莊，」倩盈說，「那些植物現在豈不是沒有人打理？」

「原來你是擔心那些菜苗！」浩謙說，「我當然不會

忘記，我早就把它們交托給住在樓上的黃婆婆，她每天早上都會來到天台做早操，她知我要過來念書，便自動請纓替我打理小小農莊！」

「嗯，那就好了。」倩盈放心地說。

接着，他們來到肉類區，這裏倒是窗明几淨的，每一個肉檔都有一位穿上整齊制服的服務員當值，有的負責把切好的肉用保鮮紙包好；有的在捆紮帶餡豬扒。這裏除了一般的豬肉、牛肉、雞肉外，他們還發現有馬肉和兔子肉，而海鮮方面最多就是生蠔和扇貝，其他的海產種類就廖廖可數。

「巴黎的超級市場真是個可怕的地方，竟然藏着這麼多生字！」面對眼前大量的生字，倩盈背得頭昏腦脹。

「我說巴黎的超級市場是個可愛的地方，這裏什麼都可以買得到！」浩謙反駁說，「那邊是乾貨區，樓上就是賣小型家居品的地區，還有樓下賣衣服的。」

「什麼？那我們豈不是整天都要留在這超級市場學習生字？」倩盈急得想哭。

「哈哈，放過你吧！今天的特別補課到此為止，我們下星期再到乾貨區吧！」

「太好了！」

於是二人走出超級市場，繼續向着那舉世聞名的巴黎鐵塔邁進。

Day 5 六 艾菲爾鐵塔

倩盈與浩謙在異國漫步，發掘不同的風景，享受一些意外的驚喜。

走着走着，倩盈的目光停留在一間花店前，店主把鮮花分門別類插滿在一個個銀灰色的筒上，隨意地放在店外。

「巴黎真的是一個浪漫的城市，除了咖啡館多外，花店也很多，短短的一條小街就有幾間花店。」倩盈陶醉在那粉紅、粉紫色的花海裏，欣賞着那些含苞待放的玫瑰、鬱金香、繡球花等。

「花的法語叫作Fleur。」浩謙說，「我曾看過一本書介紹法國人的習性，鮮花對法國人來說是一種生活情調，他們除了買給情人外，也會買來放在客廳裏，令生活添上一份雅致。」

「真浪漫！」倩盈嗅着芬芳的花香，她越來越喜歡這個城市。

「巴黎的魅力的確不同凡響，它擁有建築的美感、時裝與藝術上的品味、獨特的生活方式及舉世文明的美食，實在教人驚歎！」浩謙說，「在這裏修讀藝術是很多人的夢想。」

「是啊！一直都是說關於我的事，忘了你也是初來念書呢？開課好幾天了，你習慣嗎？」

「哈哈，還好，我的法文比你好得多，加上學校裏有幾位從香港來的同學可以互相照應，」浩謙擦擦鼻子，笑道，「而且，我曾幾次跟着爸爸來巴黎公幹，對附近的地方亦算熟悉。」

「啊！原來你來過巴黎幾次了！」倩盈訝異地道。

「是啊！我爸爸經常要到不同的地方工作，有時逗留兩三天，有時會逗留半個月，如果遇着學校假期，我都會跟他一起來。」

「能夠經常到世界各地旅遊，很不錯啊！」

「不過，爸爸的工作很繁忙，即使跟他到外地，我也是一個人遊覽的。」浩謙把相機掛在頸項，說，「而且，爸爸每次回家，很快又要到不同地方工作。從小，我就習慣一個人生活了。」

「那麼你這次過來留學三年，他有什麼意見？」倩盈問。

「沒有，」浩謙搖頭，收起了常掛在臉上的笑容，「從學習法文、搜集留學資訊，到面試和買機票等，我都是自己決定，他只是負責付錢而已。」

倩盈看着木然的浩謙，安慰他說：「這證明他對你的決定充滿信心，相信你的判斷呢！」

「我倒很羨慕你跟家人相處融洽，一家人有說有笑的，互相需要，十分快樂。」浩謙苦笑。

「你不要難過吧，雖然你爸爸工作繁忙，不過對你的決定百般支持，而且有時也會帶你一起去公幹，可以四處旅行也算不錯啊！」

「其實爸爸事業心重，我也理解的，」浩謙頓一頓，說，「從小，家裏就只有我和他。」

倩盈見浩謙悶悶不樂，自己又幫不上忙，唯有轉另一個話題，問：「是呢，我還未問你，你修讀的是什麼藝術？」

「我念的是視覺藝術，而我希望將來能成為平面設計師。」

「什麼是平面設計師？」倩盈滿腦子疑惑地道。

「平面設計即是透過多種不同照片、圖畫和文字等，在各種平面上傳遞視覺效果。」浩謙解釋着，「常見的平面設計包括雜誌、廣告、產品包裝和網頁設計等等，都與我們的日常生活有關。」

「這種工作很適合你啊！」

「但是要在這行業成名並不容易，單靠熱誠沒有天分是沒有用的！」浩謙說。

倩盈說：「你絕對不用擔心自己的才能，你畫的圖畫很有趣，又喜歡攝影，而且製作的網頁亦很精美，吸引了

這麼多網友瀏覽。」

「哈哈，你不用安慰我了，你跟我都有自己的才能！」浩謙説，「其實我只想發揮自己的能力，用我的創意讓趣味融入更多人的生活裏。」

「我們一起努力吧！」倩盈反過來鼓勵浩謙。

「嗯！」浩謙露出尷尬的笑容，他心想竟然會被倩盈看到他軟弱的一面，「你也不要輕易放棄啊！」

在巴黎的街道上，二人有説有笑的談東説西，浩謙拿着他那火紅色的相機，把巴黎街頭美麗的景色一一攝入鏡頭。

面前的巴黎鐵塔跟他們的感情一樣，距離越來越近了。

一晃眼半個鐘頭過去，太陽升到了高空，氣溫也漸漸熱起來，浩謙脱下外套塞在背包裏。

終於來到巴黎鐵塔，倩盈和浩謙走進在密密麻麻的遊客羣中，鐵塔底下的顏色像濃郁的巧克力一樣，那壯觀的高塔震懾住二人。

他們拿着派發的單張閱讀，原來巴黎鐵塔又叫艾菲爾鐵塔，早在一八八七年起建成的，鐵塔分為三層，其中一、二層設有餐廳，第三層建有觀景台，而從塔底到塔頂共有一千七百多級階梯。

浩謙對鐵塔的歷史背景、結構、設計等都很感興趣，不愧是修讀藝術的學生。

他們商量過後，最後買了鐵塔的第二層入場票，乘電梯去鳥瞰整個巴黎市區的景色，建築物一棟連接着一棟，知名的地標也都盡收眼底。

「叮！」電梯的門打開了，鐵塔的二樓沒有玻璃的阻隔，遊客可以繞着鐵塔走，在不同角度欣賞整個巴黎。

今天的天氣不錯，雲兒一朵又一朵從遠處的天際飄着，不過，塔上的風可是很大的，女士們的長髮都吹得亂飛。

「這邊是凱旋門，那邊是香榭麗舍大道，那裏是戰神公園和夏瑤宮。」浩謙拿出相機來，興奮地在不同角度拍照。

「巴黎有太多美麗的景點了，我一定要逐一參觀！」倩盈滿心歡喜地說。

「對啊！我也要把這個地方的美態一一拍攝下來，然後放在互聯網上，與網友一起分享。」浩謙把相機調較成手動模式，讓照片拍攝出來的效果更豐富。

「從這裏看下去的塞納河真美！」倩盈走到欄邊，望着縈繞市中心的塞納河，而地面上的人們就像螞蟻般細小。

「倩盈，看這邊！」浩謙從背後叫住倩盈，在她轉身的一刻按下快門，把她愕然的神情加上飄揚的秀髮拍了下來。

「我還未準備好拍照，你快把剛才的照片刪除！」倩盈埋怨着。

「這叫Snap shot，即是隨意地拍攝，自自然然的效果很多時候比被定格了的姿勢好看！」浩謙解釋說。

「我不理，你要是把我拍得難看，我一定不會輕易放過你的！」

「遵命，倩盈大人！」浩謙提起手掌放在額前，作了個敬禮的手勢。

就這樣二人在鐵塔上逗留了一小時，滿足地飽覽整個美麗的城市，同時規劃了下午的遊覽路線。

直至聽到倩盈的肚子發出咕嚕咕嚕的聲音，他們才發覺早已過了午膳時間，於是便匆匆離開鐵塔，去尋找巴黎的美食。

Day 5 七　各人的近況

夜深，房間裏不停傳出「噠噠噠噠噠」的聲音，家熹翹起雙腳，望着電腦屏幕發呆。

「已經是凌晨一時多了，倩盈怎麼還未上網，難道她忘記跟我們的約定了？」家熹不耐煩地敲打着鍵盤，「起初她說過每天都會上網跟我們聯絡，怎料現在忙得一星期只能上網一次，透過視像與我們通話一會兒！」

「我想她也沒猜到實習生活是如此忙碌，現在巴黎還是下午六時多，倩盈難得第一次放假，一定是四處遊覽，樂而忘返！」連接着電腦另一端的亦鋒同樣是坐在電腦桌前，他可是聚精會神地望着屏幕，手指靈活地在鍵盤上移動。

「但她約了我們在先，怎麼可叫我們呆呆地乾等！」畫面傳來一個發怒的人像圖案。

「反正是暑假，明天又不用上學，就多等一會吧！」一面在另一個視窗玩虛擬足球遊戲機的亦鋒說。

「明天我還要去綵排啊！」家熹說，「上次拍的網上短片很受歡迎，帶給青少年正面的訊息，電影學會的師兄們打算再下一城，拍攝續集。」

「那，今次你會做主角嗎？」亦鋒一心二用，一面打遊戲機，一面打字。他打字的速度很快，都是平日玩網上電腦遊戲訓練的成果。

「哈哈，今次我會演一個有對白的路人甲角色。」家熹答。

「不是吧！你不是夢想做主角的嗎？怎麼連配角也不是你都願意演出？」亦鋒好奇地問。

「循序漸進吧，在學會裏，大家都有演出不同角色的機會，不用急着當主角的。」家熹接着説，「千萬別小看路人甲的作用，他可以襯托主角，突顯主角個性，更能發揮故事主題。」

「看來這個電影學會令一向自戀的你改變不少呢！」亦鋒感歎地説。

「嗯，我汲取了上次的經驗，發現演戲原來有許多學問的，要拍一齣好戲原來不是想像中那麼容易的。」家熹繼續説，「我決定要從小小角色開始學習，訓練自己的演技和對演藝事業的了解。」

「嗯，那不錯啊！」亦鋒説，「將來你要是當了大明星，別忘記給我簽名啊！」

亦鋒的遊戲輸了，索性關上遊戲視窗，説：「不知道倩盈是否已經習慣那邊的生活呢？」

「記得她抵達巴黎的第一天來電説一切也很滿意，相信這三星期的實習難不倒她的。」家熹答。

「可是倩盈對法文一竅不通，我有點兒擔心她。」

「她說浩謙也去了巴黎，而且他的學校離倩盈實習的酒店不遠，他們可以互相照顧。」家熹說。

亦鋒沒有回應，沉靜下來。

家熹感到累極，於是他傳送一個很睏的人像圖案，他看看桌上的鬧鐘，差不多深夜兩時了。

「你先睡吧，」亦鋒說，「我等倩盈好了！」

「讓我再試一次接駁視像通話，與她聯絡。」家熹不甘心地答。

「嘟嘟……」家熹再次按下羣組視像通話邀請。

「Hello！」視像通話打開了，三人在自己的電腦屏幕都可以看到對方的樣子。

「倩盈！你終於上網了！我們等了你一小時了，你再不出現我就會去睡了啊！」在倩盈的電腦上看到家熹的影像有點模糊，他的樣子又興奮又生氣。

「不好意思啊！今天放假我四處去逛忘記了時間，才剛剛回來就立即上網了！」倩盈內疚地道歉。

「算吧！」穿上黑色背心的亦鋒把面前的webcam調較一下角度，問，「這幾天的實習辛苦嗎？」

「辛苦啊！」倩盈脫下外套，說，「每天的日程都是滿滿的，早上學法文，午餐過後便上三小時的示範課，接着有兩小時的休息和晚飯時間，然後被安排到不同廚房部門實習去，到晚上十時才放學。」

「什麼？那不是比上學更忙嗎？」家熹吐吐舌頭，說，「我還以為是輕輕鬆鬆的學習呢！」

「一點也不輕鬆啊！我們要在三星期裏輪流到不同廚房實習，主廚安排了從新加坡來的奇夫和來自法國的芬蕾跟我一組，在首個星期來熱食組實習，然後下星期到冷食組，最後到甜品組去。」

「啊，原來有其他的實習生的嗎？」家熹問。

「嗯，透過今次比賽共有八位實習生到來，男生和女生各四位，都是在世界各地廚藝比賽的優勝者，」倩盈說，「除了兩位本地生外，其他的都是來自不同國家，所以我們都習慣用英語溝通，在這裏學習，感覺有點像國際學校。」

「那你有沒有被人欺負？」亦鋒問。

「當然沒有啦！大家都很友善，在陌生的地方一起學習，互相照顧，很容易熟稔起來呢。」

「既要學廚藝，又要學法文，還要用上英文溝通，」家熹抓抓頭，說，「看來這次實習之旅很累人啊！」

「難怪你好像憔悴了呢！」亦鋒皺皺他那道劍眉，說。

「是啊！真的是體力加腦力透支啊！」倩盈笑一笑，「今早我還覺得很困難，不過我現在不會服輸的，我相信

自己有能力應付！」

「你今天做了什麼，令你有這麼大改變？」家熹一面打呵欠，一面問道。

「就是四處遊覽，今天的行程實在太豐富了，我們先後遊覽過凱旋門、香榭麗舍大道、巴黎鐵塔、聖母院等。」倩盈露出懷念的表情，說，「巴黎這個地方實在太美麗了！」

「你們？」亦鋒的眉心不自覺地輕輕皺了一下。

「今天浩謙帶我四處遊覽，原來他到過巴黎三次，法文也說得不錯，有他做嚮導真不錯！」倩盈笑說，「我們坐在草地上吃長長的法國麪包，在露天的小咖啡室喝莫卡，在街頭吃法式班戟和軟雪糕，豐富了視覺與聽覺的享受。」

「真令人羨慕！」家熹咬咬嘴唇。

「巴黎太多景點了，一天未能遊覽完的！」倩盈回味着說，「我們還看到巴黎的日落，真美麗！」

「巴黎一定有很多美少女吧！」家熹追問。

「哈哈！我倒沒留意，不過男士就很浪漫，我們看到不少拿着花束的男士在街上，想必是送給心愛的情人！」

「我也很想過來看看啊！」家熹牽起嘴巴，擺出一副失望的表情。

「嘩！原來你們那邊已經兩時多了，」倩盈看看屏幕右下角的時鐘，「你們快去睡吧，我下星期會早一點上網跟你們通話的。」

家熹打了個呵欠：「好吧，我真的沒辦法支持下去了，我先睡了。」

「好吧，晚安。」倩盈向着webcam揮手。

家熹的影像消失了，剩下亦鋒與倩盈。

「亦鋒，你也要睡了嗎？」倩盈問亦鋒。

亦鋒搖搖頭：「我還未累。」

「那就好了，」倩盈笑了，問，「剛入選了香港青年足球隊，一切順利嗎？」

「還好，一連七天的暑期港青足球特訓營已過了一半，隊員都是新選拔到港青隊的，大家的實力都很厲害，在球技上各有自己所長。」亦鋒認真地說。

「那你跟隊友的關係怎樣？」倩盈着緊地問道，「你是否還是球場上的獨行俠？」

「隊中大多是年齡與我相若的球員，他們的傳球、射球、控球及頭槌技術各有所長，而且他們一點也不驕傲。」亦鋒欣賞地說，「他們不單訓練時認真，訓練後也會細心地觀摩別人的球技，從而了解自己的不足，繼而改善。」

一向沉默的亦鋒打破固有作風，興奮地與倩盈分享他新奇的經歷，倩盈感到亦鋒的性格也有正向的轉變，樂於

聆聽亦鋒的分享。

「港青隊的教練十分着重團隊精神，他對每位球員的要求都很高，除了體能訓練外，亦會教導大家團結的精神。」亦鋒笑了，「而且在每次練習後都安排一些活動，例如一起看球賽、吃下午茶等，來增進隊員之間的感情。」

「大夥兒一起為自己喜歡的興趣奮鬥，那很好啊！」倩盈説。

「港青隊還常常應不同國家的邀請去當地作交流的，如果有幸的話，説不定可以來到法國啊！」

「那不就是可以環遊世界嗎？原來進入港青隊有這麼好的待遇！」

「嗯，我也意想不到。」亦鋒難掩興奮的心情，他擦擦鼻子，説，「是呢！你還記得上次校際足球比賽敵方的那個『小白龍』嗎？」

「那個長得很帥，腳法也很了得的敵方隊長嗎？」

「長得帥不帥就見仁見智了，」亦鋒頓了一頓，説，「他也同樣被挑選入港青隊受訓。」

「他也入選了？」倩盈張大眼睛，表情驚訝。

「起初我也不太喜歡他，那傢伙在練習的時間常常表現自己，愛出風頭，怎料教練偏偏把我們編在同一組訓練，要我們兩人面對三位防守球員攻向龍門。」

「看來教練故意捉弄你們啊！」

「哈哈，原先我也是這樣想的，」亦鋒說，「每次我把球傳給他，他就只顧自己向前衝，無論我的位置多有利攻門，他也不肯把球回傳給我，於是，我也不再把球傳給他了。我們都覺得自己的球技比對方好，不肯製造機會給對方領功。」

「哪，後來怎樣？」

「進攻了數十次也未有成績，當我們開始累了時，怎料，『小白龍』拍拍我肩膀，說：『我引開他們，你射球吧。』」

「什麼？他竟然這麼說？」倩盈愕然地問。

「對呢，這回我才發覺自己忘記了團隊精神，那刻連『小白龍』都可以放棄表現自己，」亦鋒說，「於是，我們都放下成見，互相信任把球漂亮地射進龍門。」

「在多次合作下，我們不知不覺間取得了默契，我想你也不會猜到，他與我現在成了隊中的好拍檔！」亦鋒笑說。

「啊！這不就是不打不相識？」倩盈替亦鋒高興，「除了家熹和我，現在你還多了『小白龍』這個好朋友！」

「『小白龍』怎能和你們相比啊！」亦鋒強調說。

「好吧！他是你的好隊友，我們是你的好朋友！」

「是最好的朋友。」亦鋒暗暗說。

亦鋒與倩盈隔着電腦互相勉勵，他們聊了很久，直至倩盈的同房美子回到房間，他們才掛線。

Day 8 八　亦鋒的足球路

早上的陽光不算猛烈，幾片薄薄的雲在天上飄過，擋在大草地上。天氣漸漸清涼，吹來一陣乾風，不經不覺間，秋天又回來了。

在這幾天的港青暑期營特訓中，球員們的傳球、射球、控球及頭槌技術都有明顯的進步，潛質開始慢慢發揮出來。

今天的特訓重點是加強傳球的準確度，二人為一組避開障礙物向前傳球，亦鋒與「小白龍」很自然地走在一起。

在大草地上分成了六行，每行兩邊放置了一排「雪糕筒」路障，兩位隊員需要一邊繞過面前的障礙物向前跑，一邊傳球，一旦把球傳失就要重新開始。在教練的指導下球員反覆練習，提升傳球的穩定性和速度。

起初「小白龍」與亦鋒在傳球時常常失手，不是傳得太前或太後就是過分用力，但經過數十次來回練習後，互相掌握到對方的傳球力度與速度，於是能夠越傳越快，駕輕就熟地把球隨心地傳送到對方的腳下。

「跑快些吧！」「小白龍」一面跑，一面向着亦鋒叫道。

「你少廢話吧！」亦鋒起勁地跑，右腳向「小白龍」一踢。

「哈，看球！」「小白龍」接過球後，連一秒也沒有停頓就再傳出去。

「接吧！」亦鋒腳法同樣地乾脆俐落，在到達終點前迅速把球踢出。

天氣雖然不算炎熱，但球場上的隊員都大汗淋漓。

亦鋒與「小白龍」是第一隊完成動作的小組，於是他們獲准首先休息，二人坐在大草地上喘着氣，大口大口地喝水。

「哈，真想不到我竟然會與你成為隊友。」「小白龍」笑着說。

「哼！」亦鋒用手臂擦去嘴角的水，「我也猜不到！」

「我看你這幾天練習比其他人認真，你很喜歡足球吧？」「小白龍」問。

「當然！」亦鋒說，「將來我要做個全職的足球員！」

「我也是！」「小白龍」不甘示弱，說，「過去在代表學校的比賽中，每場的最佳球員都是我拿的！」

「你忘記了嗎？上一場學界比賽就是我取代了你啊！」亦鋒揚起他那道劍眉。

「小白龍」冷笑一下：「我不會再給機會你超越我的！」

「你真大口氣，」亦鋒也牽起嘴角，「我絕對不會被你贏我的！」

亦鋒與「小白龍」的嘴巴誰也不繞過對方，但在他們的心底，卻為找到勁敵而感到興奮。

其他的隊友都陸續完成動作，於是教練吹起哨子，把球員召集過去：「大家休息十分鐘，今天我邀請了香港足球隊來參與我們的訓練，一會兒跟大家進行一場友誼比賽，作為今次特訓營的結束。」

這時，大家望向場邊，一隊精神奕奕、氣勢高昂的香港足球隊正在後場熱身。

「什麼？香港足球隊？他們是全職的球隊，而且久經訓練，實力跟我們相差太多了吧！」其中一位隊員「大耳朵」阿南驚訝地叫了出來。

「就是嘛！我們全是新隊員，只訓練了數天，更未試過正式組隊比賽，跟他們比賽一定會一敗塗地的。」另一位隊員「栗子頭」天仔附和着。

「還未正式比賽，別說洩氣話長他人志氣！」「小白龍」忍不住反駁說。

「對！你們怕什麼？他們不一定會贏的！」皮膚曬得黑黑的甘杰不服氣地說。

「強弱懸殊，我們只會輸得很難看。」坐在「小白龍」後面的長腿輝哥答道。

其他的隊員亦各自表達自己的意見，隊中分成兩派，一些覺得教練的安排會挫大家的鋭氣，一些則覺得足球比賽是遇強越強的，更加燃起自己的鬥志。

亦鋒沒有作聲，只是默默地作熱身運動。

比賽即將進行，一切都看在教練的眼裏。

「嗶！」教練擔起球證的角色，哨子一響，雙方握手然後擲毫選場地。

經驗豐富的香港足球隊穿上了藍色球衣，他們的平均身材都比新挑選的青少年足球隊健壯。兩隊並排而立，青少年隊的氣勢早已被壓住了。

比賽開始前教練已安排好出場位置，今次的陣營是四四二，即是四位後衞、四位中場和兩位前鋒。

亦鋒被安排為左前鋒，「小白龍」則為正中場。

香港足球隊對青少年足球隊，比賽正式開始。

球一開，香港隊一窩蜂以迅雷不及掩耳之勢向着港青隊龍門衝過去，轉眼間他們的前鋒就來到青年隊方的半月位置。

青年隊還未準備回防，對方已經起腳把球向着龍門射過去。

只不過是五分鐘的時間，球奪門而入。

一比零。

青年隊再次在中場開球，輝哥起腳短傳到天仔身邊，怎料敵方快速地閃身到天仔身前，輕易地用胸口接過長傳的球，球美妙地滑落在他腳下，再交給從後衝上來的隊友。

香港隊球員的速度果真迅速，他左穿右插的扭過我方幾個後衛，當大家還未回過神來，球又再接近青年隊的龍門。

「噗！」

又進一球。

香港隊步步進擊，輕而易舉地取得壓倒性的勝利。

在球場上，青年隊被全面壓制，臉如土色的球員們都大感無奈。

「嗶！嗶！」

上半場結束，青年隊隊員垂頭喪氣走到場邊休息，大家在互相埋怨着。

「唉，五比零，太難看了。」「大耳朵」阿南垂下頭說。

「他們是專業水準，我們只不過是剛來訓練，實力根本無法比較。」眉頭深鎖的守門員甘杰說。

「就是嘛，他們無論是體格、速度和經驗都比我們優勝得多。」後衛忠仔說。

「有好幾次，我們有機會入球的，可是阿輝求勝心切，射門力度過猛，球從球門上飛了過去。」「栗子頭」天仔埋怨道。

「關我什麼事！不是你在十二碼傳失那關鍵球，我們可能已不用吃蛋了！」阿輝反駁說。

「你們不要爭執了！」「小白龍」壓低嗓門，說，「我們是最有潛質的足球員，下半場一定可以入球的！」

「不要天真了！」阿南搖着頭歎氣。

「我看對方的戰略是全力進攻，他們擺出四三三的陣式，即前鋒四個，而中場與後衞各只有三個，」一向沉默的亦鋒說着，大夥兒也細心傾聽，「我們下半場的策略應是全力反攻，只要我們把球傳到前場，以人多對人少，入球的機會會大增。」

「對，他們上半場大勝，必定會輕視我們的實力，我們趁機傾巢而出，殺他一個措手不及！」「小白龍」吶喊着。

「好！別給他們看扁！」隊員的士氣開始漸漸高漲起來。

「『小白龍』！天仔！你們速度快，下半場你們變陣作影子前鋒，」亦鋒說，「阿南，你留在禁區，跟甘杰一起守在龍門前！其他人全力以赴，誓要破蛋！」

「好！誓要破蛋！」全隊人雄心壯志，重新燃起被消磨的鬥志。

哨子聲再響起，下半場正式開始。

就在球賽進行至四十分鐘時，奇跡發生，球被影子前鋒「小白龍」奪回，他回頭跟好拍檔亦鋒打了個眼色，以美妙的假動作甩開敵方，然後運用剛才練習的傳球動作，把球精準地交到亦鋒腳前。

亦鋒腳上的球就像塗了膠水一樣貼緊着他，他一口氣衝到對方龍門前起腳怒射，球如離弦之箭，直奔對方大門，球在空中劃過一道優美的弧線之後，「噗」的一聲，球進了。

「嗶！」教練示意進球有效。

五比一！

射入一球後，青年隊的氣勢一百八十度扭轉過來，在破蛋之後大家也重燃希望！

笑臉再次在青年隊隊員臉上展現。

於是「破蛋二人組」亦鋒與「小白龍」立即回到自己的崗位，為下一次進攻作準備。

「加油啊！我們還未輸的！」亦鋒一面往後退一面大叫道。

「要再入一球！」「小白龍」指向對方的龍門，放聲咆哮。

青年隊在中場開球，輝哥大腳踢出，球向前方長傳，

「栗子頭」天仔起勁跳起，比敵方更快接到球。他用力一頂，把頭傳給「大耳朵」阿南。

阿南迅速反應，轉身甩掉敵方球員，短傳給隨後衝上來的「小白龍」。

「『小白龍』！」亦鋒大叫。

「小白龍」一躍而起，凌空起腳把球傳過去，對方兩位防守立即撲向亦鋒，亦鋒向後一閃，再穿過敵方的布陣，飛撲向球，把勁力十足的球以頭槌橫傳給另一位前鋒長腿輝哥。

香港隊隊員發現自己對港青隊掉以輕心了，於是馬上認真起來，可是球已經來到自己的龍門前。

長腿輝哥以胸口接過足球，在沒人擋着的有利位置用力射門。

「嗶！」

球再次入了！

此時，香港隊終於收起輕鬆的神態，認真面對這隊後起之秀。

一輪角力在場中展開，雙方都各不退讓，每位球員也使出渾身解數爭奪這足球。

「嗶！」完場的哨子聲響起。

七比二，青年隊大敗。

但青年隊雖敗猶榮。

比賽在雙方的歡呼聲中完結，兩隊握手告別，青年隊的特訓營也隨着比賽的完結而落幕。

教練把亦鋒叫到一旁，問：「在這七天的特訓，你學到什麼？」

「我不僅擴闊了視野，認識一些踢球的竅門，而且球技亦有所突破，」亦鋒頓一頓說，「還有，我的體能有所提升。」

教練點頭，示意亦鋒繼續說下去。

「從前踢球沒有想太多，只是向着龍門衝去，但經過整個訓練營後，我知道每位隊員在一隊球隊中各肩負不同的責任，足球，是一隊人的合作！」

「嗯，正確的態度是開往成功大道的指南針，」一向嚴肅的教練微微點頭，說，「其實這個訓練營是主力協助本地年輕足球員建立自信，並在技術、體能、心智、戰術和社交能力上得到全面發展。」

「教練，謝謝你給我這個寶貴的機會重新認識足球，參加這個訓練營後，我對足球的熱誠有增無減。」

「那就好了，其實舉辦這個訓練營的另一個目的，就是從一眾年輕足球精英當中，挑選出一位出色的領袖，帶領隊員發揮所長。」

「難道你是說……」亦鋒一臉驚愕。

「亦鋒，你有信心勝任隊長嗎？」教練問。

Day 8 九　展示地道美食

來到實習旅程的第二星期，倩盈漸漸熟悉這邊的生活，在導師和同學的鼓勵下，加上大家不厭其煩地運用肢體動作向倩盈講解，令倩盈的法語有了明顯的進步。

在學習的過程中，倩盈一改她懶散的習性，把導師説的一字一句地記在筆記簿內，到休息時重新溫習一遍。而且她對周邊的事物都充滿好奇，遇到不明白的地方都會向身邊的同輩請教，漸漸同學間也開始熟絡起來。

過去一星期在熱食廚房裏實習，倩盈深深感受到當廚師的苦與樂，雖然雙手留下了不少切菜時的小傷，但也掩蓋不了她得到的滿足感。而從這星期開始，屬於第三組的她被安排到冷食廚房實習。

冷食廚房只需要負責小食、前菜和沙律，這些食物都可以預早一點點準備，沒有熱食廚房那般趕急，但是食物絕不能冷藏超過一小時，否則味道與質量就會變差。由於冷食廚房工作量比熱食廚房少，所以這邊的廚師人數只有五位，全都是經驗豐富的法藉廚師。

在冷食廚房實習，倩盈多了時間深究菜色的配搭與味道，也多了時間練習刀工和烹調技巧，感覺輕鬆多了。經過多日來的訓練，第三組的芬蕾、奇夫和倩盈在冷食廚房

可以獨擋一面，從調醬汁、做沙律、煮鵝肝到各種準備工作，大家都能獨立完成所有項目，不用依賴大廚或二廚的幫忙，他們的表現令大廚感到非常滿意。

至於在下午的示範課，導師要求每位實習生做出一款代表自己地區的食物，與其他同學分享煮法和製成品。

這是大家大顯身手的好機會，經過抽籤先後次序，昨天由第二隊的朱迪、大衞和奧圖作示範，今天由第一隊的彼得和美子作示範，而後天就到第三隊的芬蕾、奇夫和倩盈作示範。

從英國來的大衞在昨天的示範中做了英國著名美食炸魚薯條，香脆的炸魚塊配着金黃色的粗薯條，再沾上鮮蕃茄汁，令人回味無窮。

來自澳洲的朱迪做的是南瓜蓉忌廉龍蝦湯，她巧妙地取出龍蝦肉和茄膏，煎香後加入不同配料熬出濃湯，想不到南瓜蓉配着鮮龍蝦，味道出奇地配合。

而來自法國南部的奧圖就做焗法國田螺，奧圖把混合了白酒、牛油和蒜蓉的料味釀入每隻田螺內，加上幼滑的薯茸伴碟，當焗爐打開時，整間實習室都充滿着牛油的香濃味道。

他們三人的示範都做得非常出色，尤如表演廚技一樣，同時令導師和同學們大飽口福。

今天輪到來自美國的彼得和從日本來的美子施展渾身

解數。

彼得做的鮮牛肉芝士漢堡包鮮嫩多汁，而夾在中間的生菜、蘑菇、蕃茄也非常新鮮，再加上融化了的芝士，同學們試食後無法抵擋那美味。

而從日本來的美子做的是海蝦天婦羅，常常笑臉迎人的美子一面製作，一面向大家介紹製作方法：

「首先把蝦去掉殼和內臟，再切掉尾巴，沾上蛋漿和蘇打粉，小心放到熱鍋去炸，當你看到海蝦變了色，油鍋裏的泡泡越來越小，就可以拿出來，放在廚房紙上吸去油分。」

同學們留心地看着美子的示範，大家也很期待試食這道日本的著名美食。

美子製作的海蝦天婦羅又香又脆，沾上美子秘製的醬料，感覺比在日本餐廳吃的天婦羅還要好，同學們都讚口不絕。

明天便輪到第三組組員的示範，來自新加坡的奇夫做的是喇沙，而來自法國的芬蕾會做難道極高的馬卡龍，而倩盈則還未想出要示範什麼菜色。

「香港是美食天堂，什麼美食能代表香港呢？」倩盈自言自語說。

倩盈想起外國人很喜歡的點心，可是自己卻不懂得做；倩盈又想到做西多士，但她心想西多士起源自法國，

都不能代表香港；她又想過煮煲仔臘味飯，可是這裏沒有她需要的食材。

最後倩盈想到自己最喜歡吃的街頭小食碗仔翅，雖然她未曾試過親手做這種食物，但憑她對食物的敏感度，要做絕對不是問題。可她要好好搜集資料，務求做到最好，把香港的美食向同學們展示。

於是，在示範課完畢後，趁着兩小時休息的空檔，倩盈立即致電浩謙，問他在哪裏能夠找到粉絲和木耳，幸好浩謙學校附近有間售賣中菜食材的店舖，於是放學後便立即過去買給倩盈。

倩盈亦致電到香港，向爸爸請教做碗仔翅的步驟。

「爸爸，你懂得做碗仔翅嗎？」電話一接通，倩盈便急着問。

「你不是學法國菜嗎？為什麼要做香港的地道食物？」爸爸被倩盈問得糊里糊塗，於是反問她。

「我要向同學們介紹香港的美食啊！我覺得這些街頭小食可以代表我們吃的文化呢！」倩盈說，「碗仔翅！雖然沒有珍貴的食材，但它充滿着香港情懷，大人小孩都喜歡這種食物，是我們的集體回憶。」

「對啊！食物的魔力，不在於一剎那對味蕾的短暫刺激，而是陪伴我們成長的那份感情，碗仔翅的確是很多香港人心中的美食呢！」爸爸認同倩盈的說法。

於是，廚藝同樣了得的爸爸把碗仔翅的做法與竅門傾囊相授，倩盈把耳朵緊貼電話，用心記下每一句話。

「碗仔翅的材料雖然簡單，但要做得出色並不容易，先要把瘦肉、木耳、雞蛋切成幼絲；倒入以冬菇熬好的湯底內煮，再加入粉絲，然後用生粉打芡慢慢增加湯的濃度，最後以老抽和其他調味料調色調味。」

「聽上去真的不容易啊！」倩盈皺皺眉頭，有點擔心。

「是呀！材料的大小要均等，粉絲要浸軟，而湯的濃稠度就是決定碗仔翅的成敗關鍵，要靠經驗把生粉打芡和湯底完全結合。」

「我明白了！我會預先練習的！爸爸，謝謝你！」倩盈露出自信的笑容。

「不要小看簡單的小食，越是看似簡單的食物，就越考廚師的功夫，你任何時候都要認真看待，才能夠煮出美味的菜式啊！」爸爸提醒倩盈，「你也可提供浙江醋給同學，味道更佳的。」

「哎呀，這裏怎會有浙江醋？」倩盈一怔，「不知道可否用其他醋代替呢？讓我試試看吧！」

「好吧，你要加把勁，別失禮於人前啊！」爸爸對倩盈充滿信心。

「嗯，你們也保重，我很快便會回來。」

掛了線，倩盈雄心壯志的，在她的腦海裏已經載滿了碗仔翅的回憶，她多麼期待向大家介紹這種她很喜歡的地道小食。

十　碗仔翅

翌日，旭日初升之際，當眾人還在暖笠笠的被窩裏的時候，倩盈早就來到示範廚房試做着爸爸教授的碗仔翅了。

雖然碗仔翅是平民化的小食，但因為配料不少，在正式烹調前，也要細意地好好準備。

倩盈為了煮好這道菜式，一點都不馬虎，由把冬菇、木耳和粉絲等浸軟，再仔細地把它們洗乾淨，然後切絲。繼而再把瘦豬肉切成幼條形狀，把雞胸肉切細用手撕開，這些準備功夫絕不容易。

材料準備好後，倩盈開始跟着爸爸的教導調配着碗仔翅的上湯，這部分最考功夫，若果時間拿捏得不夠好，所煮出來的碗仔翅一是不夠入味，又或者煮得太久令湯內的雞肉絲！豬肉絲煮得太老，影響入口口感。

倩盈一邊煮，一邊想着爸爸在電話裏語重心長的一句：「不要小看簡單的小食，越是看似簡單的食物，就越考廚師的功夫！」

倩盈不想令爸爸失望，她要令她的外國同學對香港的地道小食刮目相看呢！

但這次始終是倩盈第一次煮碗仔翅，雖然得到爸爸的

越洋指導，她始終未能一次就煮出在香港早已嘗過無數遍的碗仔翅味道。倩盈沒有灰心，她一早起來就是為了爭取時間接受失敗，然後再接再勵，她知道只要她不斷嘗試總可以做到的。

「滴答……滴答……滴答……」時間一分一秒過去。

倩盈抬頭望着廚房上的大鐘，原來不經不覺已快要到九時二十分了，再過大半小時，她就要趕去上法文堂了。

她望着不斷冒着白煙的大鋼煲，心想這次已經是第三次的嘗試，而她早準備好的配料亦已用得七七八八，這次只許成功，不許失敗，她的心情很忐忑，她一直全神貫注望着眼前的種種，絲毫沒有察覺身後一個身影趁她不注意時出現。

「喂！你一早在這裏做什麼啊？」突然，背後傳來一把聲音。

是奇夫！他突然出現在倩盈身後，把她嚇得跳了起來，她回過神來，轉身向奇夫禮貌地打個招呼，然後道：「我在練習煮香港的地道小食，打算一會兒以最佳狀態，在示範課煮給大家品嘗呢！」

奇夫好奇地把頭栽近大鋼煲，笑道：「很香噴噴啊！我可以做第一個試味的人嗎？」

倩盈聽着奇夫的讚美感到心頭一陣興奮，想也不想便答道：「當然可以啦！」説罷，她穿起放在枱面上的隔熱手套，然後把爐火熄掉，再打開大鋼煲還冒着熱烘烘蒸氣的煲蓋，盛出一碗剛煮好的碗仔翅遞給奇夫，說道：「小心燙啊！」

奇夫拿起湯匙不客氣地吃起來，誰料當他吃過一口後，竟二話不說便一匙又一匙把面前的碗仔翅全部吃掉，吃完後，更抬頭向倩盈道：「有沒有多一碗啊？很好味啊！」

倩盈面色略帶猶豫，問奇夫：「真的嗎？你不要逗我開心啊！還是因為你剛起牀肚子很餓所以才飢不擇食啊？」

奇夫猛地搖頭，一臉正經地望着倩盈，道：「我從來不會撒謊的！」

倩盈笑了，道：「好吧，我信你就是了，不過由於材料有限，還要留待示範課介紹給同學們，所以抱歉不能再煮給你吃啊！」

奇夫輕搖歎息道：「太可惜了，我唯有多等幾小時吧。」

突然，奇夫看看手錶，似想起了什麼，二話不說便拉着倩盈的手離開示範課室，倩盈被他突然的舉動嚇得不知所措。

奇夫邊走邊說道：「趁還有點時間，我想你也肚餓啦！不如我帶你去吃一頓美味的早餐吧！」

「你怎知道我肚餓呢？」説着，倩盈的肚子響起一陣尷尬的聲響，她不好意思地用手掩着肚子。

「我剛才在廚房就聽到你肚子打鑼鼓啦！」奇夫帶着倩盈離開示範課室。

倩盈回頭望向示範課室方向，問奇夫：「我剛才用過的煮食用具還未清洗，還有碗仔翅的食材還未收好啊！」

奇夫笑道：「這麼早誰像你這般勤力跑去那裏練習，不怕啊！我們很快吃完早餐便回去，一會兒我替你一起清理吧！」

倩盈點點頭，奇夫沒待她答應，搶着道：「但前題是，我要吃個飽才有力氣啊！」

「好吧！」倩盈語畢，停下腳步，道，「不過你繼續捉得我這麼緊，我可能等會提不起大鋼煲了！」

奇夫伸伸舌頭，鬆開捉着倩盈的手，賠笑地道：「對不起，沒弄痛你吧？」

倩盈舒活一下手腕，彷彿鬆了一口氣：「你的氣力可真大啊！」

「哈哈！我爸爸是雜貨店的，我從小就幫他搬運貨物，別看我長得細小，我當真力氣很大啊！」奇夫笑說。

倩盈露出久違的燦爛笑容，道：「時間不多，我們快去吃早餐吧！」

然後，奇夫便引領倩盈走過一道長長的走廊進入員工餐廳，他説道：「是這裏了，這裏的鬆餅很美味啊！」

誰知在他倆沒有留意的時間，一個身影在他們不遠處躲着，背地裏一直盯着他倆走出示範課室。

* * *

「這裏的鬆餅真的很美味啊！」啡黃色的鬆餅看上去個個乾乾硬硬，怎料倩盈咬了一口，外脆內軟的，裏面還有滿滿的朱古力醬。

「對啊！」奇夫一面吃，一面説，「這裏的鬆餅跟我媽媽做的一樣好吃，所以我每天早上也會來吃一個當早餐的！」

「你媽媽也是個厲害的廚師嗎？」

奇夫搖頭，遙望窗外的藍天，出神地説：「她只是個普通的家庭主婦，她説一家人吃得開心是最重要的，所以很用心做每一道餸菜，也勇於嘗試不同的菜色。」

奇夫接着説：「家裏的兄弟姊妹口味都不同，媽媽每天絞盡腦汁，務求令家裏的每個人都吃得開懷！而我最喜歡媽媽做的甜品，吃過她的甜品都會很開心，所以我也想做出能令人快樂的甜品！」

「你有很多兄弟姊妹的嗎？」倩盈吃驚地問。

「嗯！我有三位哥哥、兩位姐姐，還有一位弟弟。」奇夫伸出雙手計算着，「那你呢？」

「我沒有兄弟姊妹啊！家中只有爸爸、媽媽和我。」

「那，你會很悶嗎？」奇夫擔心地問。

「我倒也不覺，」倩盈想了一下，答，「從小我就有兩位很要好的朋友，我們差不多每天都在一起玩，長大了也一起讀書，我想，他們就似我的好哥哥，我從來也不覺得孤獨。」

「那很好啊！」奇夫說，「你們的感情一定很要好的呢！」

「是啊！雖然我們常常鬥嘴，但，我們絕對是最好的朋友！」倩盈點頭，把最後一口鬆餅放到嘴裏，味蕾上仍留着那份微溫的滋味。

「倩盈，你要加油啊！」奇夫說，「我看你的廚藝進步了許多，只不過是十來天的時間，你由起初什麼廚房的知識和規矩也不懂，到現在你的烹飪技巧、刀法及調味上手法都有着明顯的進步，連老師也說你很有當廚師的潛質！」

「你不要取笑我吧！」倩盈說，「其實我也是在跌跌碰碰中學習，到來實習前我都確實未想過將來要為廚師的，都是靠大家的指導才能學習得這麼快！」

「我不是說笑的，你現在的刀法算得上是全班最快、最好的！你一定有下過苦功吧！」奇夫懷疑地說。

倩盈苦笑說：「記得上次在熱食廚房做配菜時差點連累了大家，於是我每天下午都會抽一點時間練習，避免再犯錯，所以才有些微進步吧！相比這裏的大廚，我的刀法還是小孩子的程度吧！」

「我想以你聰穎的資質，一定會成功的！」奇夫肯定地説，「我們一起努力吧！將來我一定要在新加坡開一間甜品店，到時你要來捧場啊！」

「一言為定！」倩盈笑了。

「好吧，我們還有十分鐘便要上法文班了，」奇夫看看手錶，把面前的莫卡一飲而盡，說，「我們快回去示範課室收拾剛才的用具吧！」

於是，二人帶着滿足的心情離開員工餐廳。

* * *

快樂的時光過得特別快，轉眼就完成了法文課，全班同學在今天進行的小測驗都順利過關，連一向成績最差的倩盈也剛剛合格，法文老師露出滿意的笑容。

午膳後，同學們來到示範課，第三組的學員分別向大家示範代表自己地區的美食。

奇夫做的是喇沙；芬蕾做的是馬卡龍；倩盈做的是碗仔翅。

首先示範的是奇夫，他炮製辛香鮮味的正宗喇沙，湯底加入了鮮蝦殼和香茅辣椒，馥郁香濃，而麪條也滲入了椰汁，那鮮甜味充斥口腔，帶出了南洋的風味，同學們都讚歎不已，爭相要添吃。

然後到芬蕾示範，她做的是馬卡龍，雖然馬卡龍沒有複雜的外形，但要做出一枚漂亮的馬卡龍，外殼既要酥脆，而且光滑無坑疤，咬下去亦要又軟又綿密，餡料不能太多或太少，的確並不容易。

向來充滿自信的芬蕾先純熟地將蛋白打發，再加入杏仁粉及細砂糖攪拌，分別混入不同的香料色素，然後把攪拌好的糖漿裝入平口嘴的擠花袋內，最後在烤盤上擠出大小一致的形狀，顏色不同的馬卡龍，放入預熱好的烤箱。

同學們每人拿起一枚不同顏色的馬卡龍，精緻無暇的馬卡龍在燈光照射下泛着光澤，圓圓扁扁的餅身下緣還會因為烘烤出現一圈漂亮的蕾絲裙邊。濃郁的香甜味頃刻間彌漫發散，酥脆的餅皮夾着軟綿綿的內層，實在是味覺上的最高享受。

大家對芬蕾的馬卡龍讚不絕口，就連主廚布羅也滿意地點頭。

最後，輪到倩盈示範。由於倩盈今早已試做過，所以她一點也不緊張，淡淡然地把預先準備的材料拿出來，把浸軟了冬菇、木耳和粉絲細切，再把醃好了的雞胸肉和瘦豬肉切成幼條形狀，放入滾湯內。

做好後，倩盈把做好的碗仔翅分發給大家，她向大家建議加入胡椒會更香甜可口。怎料，大家吃過一口後便急忙吐出來。

「怎麼會這樣的？」奇夫大叫，「這跟我今天試食的有着天壤之別！」

「什麼？」倩盈急了，立即試一口，然後也吐了出來，「為什麼會變得又酸又苦的？」

「倩盈，這就是你住的城市的美食嗎？」布羅搖搖頭，皺着眉問。

「不是的，我……」倩盈不知所措地說。

「你平日做的菜都很好啊，為何這次食物又苦又難吃？」布羅失望地抹抹嘴巴，說。

「我……」倩盈一臉徬徨，不知應該說些什麼。

「可是今早我也試吃過倩盈做的碗仔翅，非常好吃的！」奇夫試着替倩盈辯解，「不知何故，這次的味道完全不一樣。」

「難道你在說倩盈的廚技水準非常參差，每一次做出來的菜色，味道都不一樣的？」芬蕾交疊着雙手，站在一旁冷冷地說。

「不是的，倩盈的廚技一直在進步，一定是有什麼地方出錯了！」奇夫着緊地說。

「我今早試做過三次也沒有失誤的……」倩盈委屈地說。

「對啊！我可以證明呢！」奇夫說罷，猶豫了一下，暗自心想：莫非在我們離開期間……

「倩盈，那你想再從新做一次嗎？」布羅問。

「可是，煮食的材料已經用完了。」倩盈無奈地說。

「其實再多幾次也沒有用吧！」奧圖一臉不屑地說，「主廚還是請你教我們新的菜色好了！」

同學們鴉雀無聲，大家也沒有主意，目光都落在布羅身上。

「那好吧，」布羅咳了一聲，然後說，「還有十天你們的實習旅程就會完結，現在就讓我先總結一下過去的學習吧！」

在布羅的幽默講解下，課堂再次發出歡愉的笑聲，唯有愁眉不展的倩盈心裏不是味兒，不斷想着碗仔翅失敗的原因，而奇夫就細心地留意着班上每位同學的動靜。

Day 9　十一　失去自信

示範課過後，倩盈拿着失敗的碗仔翅獨自回到房間，她不斷思考着自己失敗的原因，可是她想來想去也想不出在什麼地方犯了過錯導致味道變壞。

就在這個時候，電話鈴聲響起來。

「嘟嘟……」

「喂……」倩盈沒精打采地答。

「倩盈！」原來是爸爸，他緊張地問，「你做的碗仔翅做成怎樣？同學們喜歡嗎？」

「爸爸……」倩盈一時不知所措，竟然說不出話來。

「怎麼了？他們不喜歡嗎？」爸爸問。

「不……不是……」倩盈怕爸爸失望，不敢向他從實道來，於是說，「大家都很喜歡。」

「那就好了，你沒有失禮香港的特色美食。」爸爸舒了一口氣，續說，「下次有機會的話，你還可以炮製你最出色的絲襪奶茶給大家品嘗呢！」

「嗯……」倩盈敷衍地答罷，便轉了個話題，「最近茶餐廳忙嗎？」

「不算太忙啊，你離開後我請了一位暑期工幫忙。」爸爸說。

「那就好了，你不要累壞身子，記緊要多休息啊！」倩盈説。

「你也是啊！你要把握學習和練習的機會，同時也要分配時間休息啊！」

「知道了！」倩盈仍然為剛才的失誤耿耿於懷，她沒有心情跟爸爸聊天，於是説，「爸爸，我要出去了，下次再跟你説吧，你和媽媽要好好照顧自己啊！再見。」

掛線後，倩盈忍不住留下淚來，她不想欺騙爸爸，但亦沒有勇氣告訴他自己製作的碗仔翅完全失敗。

倩盈捧着變冷了的碗仔翅，舀了一匙放進口裏。

放久了碗仔翅味道比剛才更差，除了又酸又苦外，還是冷冰冰、黏黏的，就像是漿糊一樣，很難吃。

倩盈非常迷惘，她自覺自己已經很努力，可是仍然做得不好，她實在不明白。她無力地伏在牀上，淚水流得更多。

門外傳來開鎖的聲音，一定是同房美子回來了。

「倩盈，你真的在這裏！我們不見你到員工餐廳進膳，還擔心你不知到了哪裏去！」美子跟奇夫走到倩盈的牀前。

「你剛才哭過了嗎？」奇夫看到紅了眼睛的倩盈拭去眼角的淚。

「沒有啊！」倩盈立即把笑容擠上臉。

「你一定是哭了，你雙眼都發紅！」美子把手巾遞給倩盈，「是否發生了什麼事？」

「沒有啊！」倩盈倔強地搖搖頭。

「你不用騙我們了！」奇夫指着桌子上剩餘的碗仔翅說，「一定是關於剛才做的碗仔翅吧！」

「你一向做的食物也很出色的，即使今次失敗了，下次再試過吧！」美子說。

「我……我就是不明白，自己在哪個地方出錯了！」倩盈委屈地道，「我今早特地在示範課前反覆嘗試，同樣試做了三次也沒有問題，但是在大家面前正式製作卻失敗，而且味道完全改變，我……我不明白……」

「不是你的問題！」奇夫肯定地說，「我今早也試過你的碗仔翅，一樣的製作，但味道和口感跟這碗完全不一樣！」

「那為什麼……」倩盈急着問。

「你忘記我們曾把材料留在示範廚房，然後離去吃早餐嗎？」奇夫提示着倩盈。

「難道你的意思是有人存心作弄倩盈，在你們離開的時候偷偷換轉了她的材料？」美子猜想着。

「沒可能吧！為什麼會有人這樣做？」倩盈不敢相信。

「這只是我的猜測，」奇夫抓抓下巴，眼珠轉來轉去，「給我一點時間，我一定會找出證據的！」

「還是算了吧！」怕事的美子不想把事情鬧大。

「放心吧！」奇夫拍拍自己的胸膛，胸有成竹地說，「我除了做甜品厲害，查案也很出色的！我忘記跟你們說，我還有另外一個嗜好，就是愛看許多偵探小說，我一定能破案的！」

倩盈與美子沒奇夫好氣，紛紛舉手裝作投降：「好吧，我們等你好消息吧，大偵探！」

在美子和奇夫的支持和鼓勵下，倩盈的心情漸漸平伏下來。

倩盈明白到不如意的事每每會在不知不覺中來到，然而，解決的辦法總會比問題多，我們要有勇氣去面對，以正向的態度克服它。

「時間不早了，我們要去實習了！」美子看看手錶，提醒大家。

於是，三人收拾心情，帶着微笑向着實習廚房走去。

Day 10 十二　正宗法國菜

轉眼間實習旅程已過了一半，主廚布羅邀請了八位實習生在酒店裏品嘗一次正宗的法國菜。

在來法國前，倩盈從未吃過法國菜，來到法國後才首次接觸這項歷史悠久的料理，而這晚更是第一次以客人身分品嘗這有名的料理。

晚上七時正，若是平日實習生早已穿好潔白的廚師服留在廚房工作，而這晚，大家卻整裝待發，穿好漂亮的衣服步入酒店餐廳。

倩盈穿上了一條鮮黃色及膝長裙，挽着小小的手袋，美子穿了一件白色寬袖上衣，配上粉紅色的短裙子，在腰間繫了一個大蝴蝶結，好不可愛。她們準時一起來到餐廳，酒店經理阿歷早已在餐廳門前迎接二人。

餐廳璀燦華麗的裝修令倩盈和美子譁然，充滿着歐洲宮廷式格調的餐廳以金色和紅色為主！樓底大概有三層樓般高，掛滿了閃爍的水晶大吊燈，牆上掛着金色框的鏡子和油畫，每張桌子都鋪了白色加上金線的枱布，而椅子背靠比站起來還要高。

看到這瑰麗的環境，倩盈和美子都興奮無比，時間尚早，餐廳的客人不算多，她們看見芬蕾與奧圖早已坐在靠窗位置那張長長的桌子喝着飲料，高興地談天，於是她們便走了過去。

芬蕾穿了一襲紅色的碎花裙，衣領和袖口都有蕾絲，她塗了淡淡的口紅，看上去就像一個高雅的貴族；奧圖穿了一套寶石藍的西裝，衣服像是度身訂造一樣貼身，突顯了他高大威猛的體形。

「你們好！」倩盈向二人打招呼，怎料他倆態度冷淡，故意避開二人目光，繼續傾談。

美子意會到芬蕾和奧圖有意漠視倩盈，於是在倩盈耳邊輕聲説：「他們一向高傲，看不起其他同學，我們別理會他們吧！」

倩盈心裏感到難過，但又無可奈何，唯有靜靜地坐下來。

桌子上有擺放了一套銀色的餐具，刀、叉、匙各有數隻，由大至小往外排開，餐巾精巧地捲好，放在面前金色的碟子上，餐廳四周很安靜，背景音樂輕柔地飄揚在每個角落，倩盈首次置身於這高雅的環境裏，彷彿在做夢一般。

不久，其他同學陸續到來了，大家都打扮得十分漂亮，坐滿長桌子，坐在倩盈隔鄰的是彼得，而坐在美子隔鄰的是朱迪。

侍應為同學們倒了有氣礦泉水，在晶瑩剔透的玻璃杯

子浮現了一個又一個極為幼細的天然氣泡，氣泡一顆顆從下往上升，令平靜的水注入動感，倩盈喝了一口，帶微酸的礦物味道彷彿潔淨了她的味蕾。

這時，主廚布羅突然出現在大家的跟前，平日只看到穿上潔白廚師服的布羅今天竟然穿上了筆直的黑色西裝，配襯着粉紫色的煲呔，他那漆皮皮鞋光亮得可以當作鏡子。

布羅帶着微笑從容地來到長桌的末端，向大家說：「各位同學，大家來實習已十數天，相信大家都體會到法式料理絕對是全世界數一數二的、烹調難度極高的料理。」

同學們都有同感，紛紛用力點頭，而對於布羅的法文，倩盈現已能掌握一半，加上他生動的肢體動作就更能明了他的意思。

「起初我還以為只有學生們一起享用晚宴，原來主廚也跟我們一同進餐呢！」彼得輕聲說。

「對啊！跟他一起用膳使我有點緊張呢！」朱迪低下頭，把聲音壓得更低。

「其實主廚都很友善的，你們不用怕啊！」美子笑說。

「法式料理從食客進門開始的第一秒開始，就從視覺、聽覺、觸覺都經過了精心處理。由客人坐下，點菜、上菜的節奏順序、食材的挑選、料理技術，每一個細節都有考究，連客人嘴裏會激發碰撞出怎樣的味蕾感覺，都在預定計劃當中。」布羅一面舞動雙手，一面說，「法式料理的目標就是要讓客人經歷一場心靈的藝術。」

「原來法國菜有這樣的學問，那我豈不是跟浩謙一樣，也在修讀藝術？」倩盈想着想着，不禁偷偷笑起來。

「希望大家能好好享用這頓法國菜，從而更加了解法國美食的文化和傳統！」布羅向同學們舉杯，晚宴正式開始。

不久，侍應把一籃新鮮微溫的麪包捧到桌子上，再奉上一道法國傳統的馬賽魚湯，濃湯裝在精緻的碟子內，裏面除了有青口、蝦及魚等海鮮外，也加入了一些雜菜如蕃茄、薯仔、紅蘿蔔及香草葉。

馬賽魚湯的味道很鮮濃，完全沒有半點魚腥味，倩盈最喜歡喝海鮮湯，她急不及待拿起湯匙，大口大口享受着這道美食。

這時芬蕾轉頭望着倩盈，她皺皺眉，說：「喝湯時，湯匙應由裏往外舀湯，即使湯再好喝，喝湯時也別發出聲來，會影響其他人用膳呢！」

「啊！」倩盈尷尬地甩甩頭，答，「不好意思，我會注意的！」

稍後，侍應送上一碟酸瓜拼巴馬火腿，粉紅色的巴馬

火腿切得有如牛油紙般薄，中間夾雜了一層白色的脂肪，味道稍鹹而香濃，肉質柔軟，筋位部分有韌勁，與酸瓜拌食能夠平衡其鹹度。

倩盈隨手拿起一套刀叉，正當她把巴馬火腿放進嘴巴時，卻聽到奧圖冷笑幾聲。

「使用餐具刀叉的基本順序是由外至內，怎麼你連這基本知識也不懂？」奧圖提高聲線，以純正的法文說。

「啊！」倩盈立即放下刀叉，紅着臉望着其他同學。

「不打緊啊！我起初也不懂得的，你記着順序由外至內使用餐具就可以了，」坐在對面的美子向倩盈揮揮手，說，「每吃完一道菜，侍應會收去該份餐具，若有需要會再補上另一套刀叉的。」

坐在隔鄰的彼得拿起刀叉作示範：「對啊！如果要暫時離席，餐巾應放在椅背上，刀叉應成八字形放在盤子上，刀刃朝向自己，表示繼續用餐。如果刀刃向上，湯匙把指向自己，或將餐巾放在桌上離席，侍應可能以為用餐完畢，把你的餐具和剩下的食物收走啊！」

「用餐結束後，可以把餐刀與叉合併在一起，湯匙把朝向自身，表示不再用餐。」美子補充說。

「嗯，明白了！謝謝你們！」於是倩盈拿起最外面那份刀叉，細心品嘗這道前菜。

倩盈怕再出洋相，於是用心地留意其他人的舉動，學習在餐桌上應有的禮儀。她看到芬蕾在吃麪包時不會用小刀去切麪包，反而將麪包放在自己左側的小碟子上，然後用手把麪包一塊塊撕下來，然後一小塊一小塊塗上牛油，再慢慢放進口裏。

「芬蕾進食的姿態很優雅啊！」倩盈暗忖，靜靜欣賞着芬蕾的動作，卻惹來芬蕾討厭的眼神，令倩盈再度感到難堪。

芬蕾和奧圖的一舉一動都看在坐在長桌另一端的奇夫眼裏，他一直看不過眼這兩位高傲的法藉同學，而他心裏猜度着上次倩盈做的碗仔翅失敗的原因，很可能與他們有關，於是更加密切留意二人的動靜。

吃過前菜後，侍應把碟子收好，用銀色的掃子掃走桌上的麪包屑。

布羅一改認真的態度，臉上掛上友善的笑容跟同學們一起聊天，説説巴黎的天氣，談談生活趣事，講解一下法國人的習俗，令晚膳的氣氛變得輕鬆。

「巴黎就是個什麼都有的城市，美食、藝術、建築、熱情、冷漠、紳士、流氓、小偷、老鼠、骯髒……」布羅興致勃勃地説，「這裏有最好的東西，也有最壞的東西，但是，如果巴黎就是你心中一直很想來的地方，那麼不管你來了以後是看到好的一面或壞的一面，你都不會後悔的。」

大家一面暢快地傾談着，一面陶醉在別致的美食和這美麗的環境中，享用過麪包、濃湯、前菜、沙律、雪芭和主菜後，不知不覺已經過了四小時。

最後，侍應端上令人期待的甜品——法式焦糖蘋果撻。香脆金黃的餅皮上放了經焦糖煮製過的蘋果，再加上一球雲尼拿雲糕，一凍一暖，雙重感覺。煮熟的蘋果帶有半爽半稔的質感，蘋果的酸遇上焦糖的香甜，令人回味無窮。

經過這一頓晚宴，實習生們對法國料理的認識更加深入，對這個國家的文化了解更多，而在這短短的四小時內，亦加深了同學間的了解，令彼此更加熟稔。

而在倩盈的心裏，法國料理給她一份全新的感覺，原來法國菜式能夠牽動食客的情感，令食物升華到一種有如藝術的境界，令人留着美好的回憶。她更加愛上廚師這份專業，堅定這份夢想。

Day 11 十三　一年的實習機會

主廚布羅特地安排這一次晚宴，讓眾位實習生親身感受每一道菜式的安排和配搭，透過品嘗數百年來法國人的進食習慣從而烹調的傳統美食，令大家深刻地領略到這個國家的飲食文化和用餐禮儀。

對於從來未接觸過正宗法國大餐的香港少女倩盈來説，這一晚實在令她眼界大開。

站在食客的角度，原來用餐不只是填飽肚子，當中還包含對食物的尊重，對一起用餐賓客的禮貌等，絕對是大有學問。

經過布羅風趣幽默的介紹，倩盈覺得要當一位出色的廚師除了要有高超的烹飪技巧、對食物特性有研究外，廚師更要對菜式背後的風土人情有深入的了解，這樣烹調出來的菜式才稱得上十全十美。

散席後，倩盈與各位同學抱着滿足的心情愉快地離開餐廳，這一頓歷時四小時的豐富晚餐更製造了一個機會讓大家加深認識，增進了同學之間的情感。

當倩盈回到房間洗澡後，她躺在鬆軟的牀上望着天花，回味着剛才的每一道精美菜式，那些巧奪天工的色、香、味彷彿是一件又一件的藝術作品，為食客帶來味覺、

視覺和嗅覺的享受。

從前的她單純地以為只要把食物煮得可口美味便算成功，經過這頓正宗的法國菜後，她對廚師這份專業有了新的了解，味覺上的刺激令她有了更明確的目標——她要做出最美味的食物，她要做一個出色的廚師！

今後她決定要更加用功學習廚藝，而且還要提高對食材的觸覺和了解食物與各地文化的關係，就正如此刻她發現就算是一碗地道的碗仔翅，她都可以在烹調給同學時，把它在香港的街頭文化也一一介紹，令同學們在享用時，除了味蕾在享受外，也可以有幻想，甚至視覺上的享受。

一想到這裏，倩盈完全把早前碗仔翅無故變味之事拋諸腦後，立時精神為之一振，她更跟自己説，明天太陽升起，她就要抓緊餘下的寶貴時間，把所有值得學習的東西都一一學會才回香港。

殊不知，就在倩盈生起這個念頭的同時，一個決定，一個機會，竟悄悄地即將降臨在倩盈——不！應該是這班已然就寢熟睡的實習小廚師身上！

天才小廚師的主辦單位與主廚布羅在這夜決定：將會在這班實習生當中挑選一位最出色的小廚師，給予獎學金，在未來一年在法國留學，同時可於假日在餐廳廚房繼續實習！

隔日，這消息就在示範課完結前，通過導師的口中傳遞予各人，有的同學不敢置信，有的同學感到興奮難耐，有的更已是磨拳擦掌準備把這難得的機會爭取到手，這當然包括一直自視甚高的芬蕾。

「芬蕾，酒店餐廳這個一年的實習機會想必是為你而設！恭喜你啊！」下課後，奧圖一面收拾用完的爐具，一面跟芬蕾說。

「也不一定的！」芬蕾嘴巴說着，卻難掩自信的表情。

「就是嘛，」站在一旁的清理碟子的彼得答，「我們八名實習生都有機會的！」

「芬蕾的爺爺也是星級大廚，所以她從小就得到他傳授的卓越廚藝技巧，你們連法文也說不好，怎樣跟芬蕾相比？」奧圖說，「況且芬蕾的廚藝一開始就比你們優秀得多！」

「我覺得這裏所有人都非常優秀！」奇夫不服氣地走向奧圖，說。

「對啊！」美子也走上前搶着說，「大家各有優點，你不能否定其他人的能力！」

「哼！我才懶得與你們爭辯！」奧圖被大家圍着，感覺不好受，於是推開奇夫，奪門而出。

臉上掛着一抹冷冷笑容的芬蕾回頭望了望其他同學，然後也離開了示範課室。

「他們真高傲！」一向沉默的大衛也忍不住說。

「就是啊！他們一開始就看扁我們！」奇夫氣憤地說。

彼得搭着奇夫的肩膀，安慰他說：「別被他們影響我們的心情吧！」

「是呢？你們有誰想留在法國學習？這是千載難逢的寶貴機會啊！」美子問大家。

「雖然我很想喜歡做菜，但經過這十多天的實習訓練，我發現原來當一個廚師其實殊不容易，」朱迪搖搖頭說，「我想……我不會爭取這機會了！」

「明年我就要考大學了，我要回去好好準備學業，免得父母擔心。」大衛也揮揮手。

「我也打算回到自己的國家，家人和朋友們正等待着我呢！」彼得說，「美子，你打算爭取這個機會嗎？」

「透過這次實習的機會，我確實對烹飪的興趣有增無減，不過，我還是比較喜歡鑽研我國的美食，所以我打算回到日本繼續學習廚藝！」美子笑了，臉頰兩旁露出兩個小酒窩，好不惹人喜愛，她接着說，「奇夫、倩盈，那你們呢？」

「我……我要好好考慮一下……」倩盈猶豫地說。

「我會努力爭取這寶貴機會的！」奇夫充滿熱誠地說，「我要留在這裏學習最好的廚藝，然後煮最出色的美食給媽媽品嘗！」

「奇夫、倩盈，真希望得到這個機會的是你們，而不是自大的芬蕾或者奧圖！」朱迪説。

「明天是假期，不如我們一起去北部的主題樂園遊玩好嗎？」彼得提議着。

「好啊！我在網上看過，這個主題樂園布置成西部牛仔模樣，很吸引人啊！」奇夫雀躍地説。

「那我們一起去吧！」朱迪説。

「對不起，我已約了朋友，不能跟你們一起去了！」倩盈説。

「又是上星期送你回來的那個俊朗男生嗎？」美子在倩盈的耳邊笑着問。

「我們只是好朋友啊！」倩盈的臉頰突然紅起來。

「好吧！我不取笑你了！明天天氣轉涼了，你要多穿衣服啊！」美子甜甜地提醒倩盈。

「嗯！知道了！」倩盈笑着回答。

Day 12　十四　爸爸的支持

晚上，正當倩盈從實習廚房回到房間時，電話就響起來。

「喂，倩盈嗎？」爸爸問。

「爸爸！我一打開房門，就收到你的電話了！我剛還想着你呢！」倩盈興奮地說。

「哈哈，時間剛剛好，你這幾天還好嗎？」爸爸關懷地問。

「不錯啊！今天在示範課我學會了煮法式田螺配薯蓉和香煎鵝肝，」倩盈語帶興奮地說，「而這星期我被調到甜品廚房去，學會了做很多甜點呢！我回來後可以做許多不同口味的甜品給你和媽媽了！」

「看來你已經解決了許多問題，開始習慣那邊的生

活了！」爸爸說。

「是啊！導師還讚賞我的刀法進步許多呢！除了廚藝技巧，我的法文也進步不少，再不是幼稚園生的水平了！」

「哎呀，真想不到一向不喜歡上課的你也被老師稱讚！」爸爸驚訝地說。

「爸爸，你知嗎？甜品廚房比熱食廚房輕鬆得多，而且法式甜品精緻得像一件裝飾擺設，沒有人能夠抵擋它的魅力的！」倩盈掛着回味的神情說。

「那麼多美食，你有沒有長胖啊？」爸爸懷疑地問。

「哈哈……也許有一點點吧！我想我回來時，你還認得出我的！」倩盈說，「是啊，你和媽媽還好嗎？茶餐廳忙不忙碌？」

「不算太忙啊！新請回來的伙計很能幹，幫忙了我們不少！」爸爸說。

「那就好了！」倩盈說，「媽媽呢？我很掛念她啊！」

「現在才是早上五時多，媽媽還未起牀啊！」爸爸說，「我剛到茶餐來，準備煮湯。」

「啊！忘記香港現在是清晨時分呢！」

「明天是星期日，你會放假出去嗎？到外面要小心點啊！」爸爸告誡着。

「嗯！我上星期已約了浩謙，我們會到羅浮宮看『蒙羅麗莎』那幅名畫！」倩盈期待地說。

「啊！有浩謙伴着你出去，我也放心了！」爸爸舒了一口氣。

「你別老是擔心我，我下個月就十六歲了！很快我就會長得比媽媽高！」倩盈俏皮地說。

「好吧好吧！」爸爸被她逗笑了，他一邊用肩膀夾着電話，一面把湯料放入大煲內。

「不過這兩天我傳了短訊給浩謙，他還未回覆我，不知發生了什麼事。」倩盈說。

「那你快致電與他聯絡吧！」爸爸把煲蓋蓋好，接着便把焗爐預熱。

「難得你來電，我們多聊一會兒吧！」倩盈說。

「真拿你沒法子，多聊十分鐘好了，長途電話費用不便宜啊！」爸爸口不對心地說。

「爸爸……」倩盈吞吞吐吐地說。

「聽你這種語氣，莫非你有什麼要求？」爸爸試探着。

「爸爸真不愧是爸爸……」倩盈佩服地說。

「別要我猜了，你有什麼事要跟我說？」爸爸急着問。

「其實是這樣的，酒店餐廳經考慮後設立了一名奬學金，給予我們其中一位實習生，為期一年在法國一面讀書，一面在餐廳實習。」倩盈說。

「難道你想留在巴黎嗎？」爸爸問。

「起初來到的幾天，我很不習慣這邊的生活，很想立即回香港，但自從上次的晚宴後，我覺得廚師這個職業充滿挑戰，也充滿成功感，我很想試一下。」倩盈說，「不過，這是個難得的機會，我知道其他同學也很想得到。」

「要一面應付學業，一面在餐廳實習廚藝，你不怕辛苦嗎？」爸爸走出茶餐廳，拉開門口的捲閘。

「我……我會盡最大的努力，相信我能夠應付的！」倩盈語氣堅定，「爸爸，你就相信一次我吧！」

「爸爸從來都未見過你這麼積極爭取所想，我很高興一向沒什麼主見的你終於找到自己喜歡的興趣，」爸爸頓了一頓，說，「不過，你先要好好想清楚自己的能力可否

應付，否則學業與興趣都做不好。」

「那麼說，你是贊成我去爭取這個機會嗎？」倩盈說。

「嗯！你不是剛跟我說，你很快便是十六歲嗎？」爸爸說，「既然你覺得自己已經長大，只要你相信自己就可以了！」

「爸爸，起初我還怕你會反對………」倩盈輕輕說。

「我從來都是支持你的決定啊！」爸爸說。

「爸爸！謝謝你啊！我答應你，我不會令你失望的！」倩盈感動得差點流下淚來，爸爸永遠都是最疼愛她。

「倘若你真的拿了獎學金，也是我的光榮啊！」爸爸笑說。

「我會努力爭取這機會的！」倩盈感動得想立即抱着爸爸。

「好吧，時間不早了，你還是快與浩謙聯絡吧，我看了天氣報道，巴黎明天會轉冷呢！」爸爸語重心長地說。

「嗯，你也要保重身體啊！」倩盈說。

「好吧！晚安！別太晚才睡啊！」爸爸最後也不忘嘮叨着倩盈。

「知道了！晚安！」倩盈說，「不，早安才對啊！」

掛斷線後，倩盈立即致電浩謙，怎料浩謙的電話仍舊接駁不通，令倩盈感到擔心。

「這幾天都找不到浩謙，不知道他發生了什麼事！」倩盈暗自猜測着，「明早他會來酒店接我嗎？」

倩盈洗澡後又再次撥號給浩謙，結果同樣是無法接通，她等到半夜也等不到浩謙的消息，唯有帶着憂慮進入夢鄉。

Day 12 十五 情人橋

第二天清晨，同房美子早就整裝待發，跟着其他同學一起乘坐火車到主題公園去，留下倩盈獨自在房間中。

氣溫真的下降了許多，倩盈好不容易才把手伸出暖烘烘的被窩，在牀頭的櫃子上拿起手提電話，她用力地睜開眼睛。

「原來九時了！」倩盈喃喃自語，「怎麼浩謙仍未回覆我的訊息呢？我們約定十一時在酒店門口等，他會來嗎？」

倩盈無奈地把頭連同手機塞進被窩裏，繼續她未做完的美夢。

不知不覺又過了一小時，倩盈被電話聆聲吵醒了，她迷迷糊糊地按下接聽按鈕：「喂……浩謙嗎？」

「倩盈！」怎料，電話另一端傳來的是另一把聲音。

「喂？你是？」倩盈打了個呵欠。

「怎麼你連我的聲音也忘記了？」

「啊！是亦鋒！對不起！」倩盈爬起來，懶洋洋地揉着眼睛。

「你怎麼了？還未起牀嗎？」亦鋒驚奇地問。

「是啊！今天是星期日，我不用上課呢！」

「哈哈，你猜我在哪兒？」

「球場嗎？」

「不是！」亦鋒說。

「在爸爸的茶餐廳？」倩盈再猜。

「不是！」亦鋒說。

「學校？」倩盈問。

「不是！」亦鋒說。

「我猜不到了！你究竟在哪裏？」倩盈打個呵欠，放棄再猜。

「我在巴黎啊！」亦鋒說。

「巴黎？」倩盈想了一下，不相信地說，「你在說笑吧！」

「我沒有騙你呀！我剛從機場來到足球場宿舍！」亦鋒說。

「為什麼你會在巴黎呢？」倩盈好奇地問。

「我是跟香港青年足球隊來進行三天的足球交流的，原本球隊在半年前已挑選了五位精英到來，可是其中一位臨時有要事，於是我便自薦跟隊過來的！」亦鋒說。

「你真幸運，剛入選就可以出外交流！」倩盈羨慕地說。

「我費了許多唇舌才能說服教練把我一起帶來，機票的錢全是我多年辛苦儲起的零用錢啊！」亦鋒說。

「那你今天要跟隊伍練習嗎？」倩盈說。

「嗯，我們上午沒有特別的安排，黃昏時分才會與當地球隊進行友誼比賽，同行的隊員都出外遊覽了。」

「你為什麼不跟大家一起去？」

「我想到你實習的地方參觀一下，順便探望你啊！」亦鋒說，「你爸爸還叫我帶了一瓶浙江醋給你啊！」

「他一定是打算給我用來加在碗仔翅內了，哈哈！他並不知道上次我做的碗仔翅很失敗呢！」倩盈笑說，「亦鋒，不如先我們約在巴黎市中心好嗎？」

「好啊！我也想到處逛逛，」亦鋒說，「咦，你今天不用上課嗎？」

「今天是假期，本來約好了浩謙，可是這幾天都找不到他……」倩盈失望地說，「我想他可能忘記了我們約好在今天了！」

「他不像這麼善忘啊！」亦鋒說，「也許他遺失了電話，才聯絡不上你……」

「希望沒有特別的事情發生吧……」倩盈問。

「別擔心了，你說過他的法文比你好，而且對巴黎又熟悉……」亦鋒安慰着倩盈。

「是的，他是個精明的男生，我確實不需要太擔心他！」倩盈同意地點頭。

「那不如我們約在塞納河邊的藝術橋見面吧！」亦鋒

提議說。

「藝術橋……你是說那條扣了許多鎖的藝術橋？」倩盈問。

「對啊，難道你已經去過了嗎？」亦鋒失望地問。

「沒有啊，不過我曾在報紙上看過，許多情侶在那條藝術橋的橋樑上扣上鎖，並把鎖匙丟進塞納河裏，寓意愛情永遠鎖好，」倩盈說，「但是最近由於巴黎政府擔心這條橋不能負荷太多鎖的重量，於是決定禁止遊客把鎖扣上去了。」

「嗯，我在飛機的雜誌上看到介紹，我很想去看看啊！」亦鋒興奮地說。

「嗯，那好吧，讓我找酒店經理阿歷，請他教我怎樣過去，」倩盈說，「我們一小時後在橋上等吧！」

「太好了！那十一時在藝術橋見吧！」亦鋒說。

掛線後，倩盈再次致電浩謙，希望能聯絡上他，可是電話仍然無法接通，此刻的倩盈心裏希望他不要發生任何意外就好了。

倩盈穿了厚厚的衣服，走到酒店大堂找阿歷幫忙，阿歷是巴黎通，關於巴黎的大小事物都很清楚。

「阿歷，你可否教我去到藝術橋？」倩盈在酒店門前看到穿了筆直燕尾服的阿歷，於是便走過去問。

「當然可以啦！塞納河邊有許多大大小小的橋，而藝

術橋就是連接羅浮宮和法蘭西學術院的橋，橋上種植了小灌木，也有休憩的小石凳，這座橋有時充當藝術展覽的場地，也是畫家和攝影師的露天工作室。」阿歷猶如背書一樣把橋的資料告訴倩盈，「平日，藝術橋上聚集了許多畫家販售畫作，或替人繪畫，在早幾年前，藝術橋上添了另一個特色，就是一些情人在鐵橋兩邊掛滿的鎖，所以這條橋又稱『情人橋』！」

「啊！原來又叫『情人橋』！多麼浪漫的名字！」倩盈說，「太好了，既然這座橋在羅浮宮附近，那麼我遊覽藝術橋後便可順道到羅浮宮參觀！」

「倩盈，我們身處的酒店在這裏，」於是阿歷拿出地圖，在上面用紅筆畫了一條彎彎曲曲的線，在線上加了幾個圓圈，耐心地跟倩盈介紹說，「離開酒店後，你先轉向左方，一直向前走，大約走十五分鐘便會看到公園，穿過噴泉便會看到郵政局，再向前走十分鐘就會來到河邊，在河的右面第二條橋就是藝術橋了！」

「謝謝你，阿歷！」倩盈收好地圖，問，「從這裏出發，大概要花多少時間呢？」

「步行的話大約是二十分鐘吧，」阿歷說，「倩盈，你的法文進步了許多啊！與兩星期前相比，簡直判若兩人！」

「真的嗎？謝謝。」倩盈靦腆地說，「都是多得導師和同學的耐心教導！」

「也是你努力的成果啊！我看到你從早到晚都在認真學習呢！」阿歷在衣袋裏取出一張卡片來，「這是印有酒店地址的卡片，如果你迷了路，把這卡片交給本地人，他們會指引你回來的！」

「你真好，阿歷！」倩盈把卡片放在口袋裏，然後看看手錶，喃喃地道，「現在是上午十時二十五分，現在出發的話，應該可在十一時前到達藝術橋。」

倩盈與阿歷揮手道別後便依照地圖路線往目的地前行。只不過是一星期的時間，外面的景色就已經很不同，街道上滿載秋意，掛在樹上那黃黃綠綠的葉子漸漸轉紅了，馬路兩旁的地上也散落了一層枯葉。

「秋天開始展現它最美麗的顏色了，巴黎這個地方擁有這麼美麗的景色，也難怪出了很多畫家呢！」空氣帶着秋天的味道，倩盈深深吸了一口，陶醉在詩情畫意之中。

氣溫隨着太陽升得越高，也越來越暖和，陽光照遍了巴黎這個城市，令她活躍起來，街道上漸漸多了行人，著名的景點亦聚集了來自世界各地的遊人。

巴黎的美麗吸引了不同的人，在這個地方有人穿着入時，窄身皮褸、短裙子、長靴子；有人身着傳統民族服飾；有人穿上厚大外套，也有人穿小背心短褲子，各有美態。

從前，在倩盈眼中總是分不清外國人的國籍，但自從參加了這次廚藝實習，與不同國籍的人相處後，對大家有了深入的認識，也漸漸能分辨出來自各地的人。

倩盈走着走着，很快便來到河邊，她被金光閃閃的河面吸引着，一艘艘小船在河上自由地航行，她抬起頭望向遠方，大大小小的橋樑橫越對岸，美不勝收。倩盈想起阿歷的提示，於是便轉右向着第二座橋走過去。

「嘩！」倩盈來到藝術橋前，就被那多得快要堆滿整座橋的鎖嚇得大叫一聲。

倩盈根本不需要向人問路，都敢確定這一座壯觀的橋，就是她要找的「藝術橋」，亦即是「情人橋」。

橋面鋪上了木板，兩邊的橋樑是鐵造的，不過所有鐵枝都被掛滿了一個又一個形狀和顏色都不同的鎖，就連橋上的燈柱也被掛滿了鎖，驟眼看根本沒有一個空隙讓人掛上新的鎖。

「實在太難以置信了！」倩盈心想，雙腳不由自主地走向橋樑。

面前的鎖應該有數萬把吧，有的乾淨如新、設計時尚，有的歷經滄桑、斑駁風霜，有的刻上旁人不會明白的代號，也有印着紀念永恆愛情的文字，這裏的每一把鎖都是獨一無二，都有屬於它們自己最獨特的故事。

掛在橋樑的鎖遭受的風吹雨打，仍然緊緊地鎖着，再也打不開的鎖象徵着一對戀人永志不渝的愛情和誓言。

倩盈蹲下來全神貫注地看着一把粉紅色的心形鎖，鎖上面畫了一對老人家的畫像，倩盈心想，究竟是一對老夫婦把自己的樣貌畫上鎖再掛上來，還是一對期望能白頭到老的年青人把這鎖掛上去呢？

就在倩盈專心地欣賞着鎖海的時候，就被一隻手從後抓着自己長長的辮子。

「喂！大傻瓜！」亦鋒輕輕拉着倩盈的辮子。

「哎呀！你嚇了我一跳！」倩盈轉身，本來驚慌的神情一下子變得興奮。

兩星期未見，亦鋒皮膚的顏色又加深了，一定是勤力練習足球的成果。

「真想不到能夠在巴黎見到你！」一向喜怒不形於色的亦鋒揚起那道鋒利的劍眉，露出難得的笑容。

「你真是的，怎麼過來也不跟我說一聲！」倩盈怪責亦鋒說。

「不是的！這次也是意外的行程，若非被挑選的隊員臨時退出，加上我使出死纏爛打的招數懇求教練把我帶來，我也沒有機會來這趟三天的足球交流訓練。」亦鋒解釋說，「早兩天我已發了電郵給你，你一定是沒有看吧！」

「我每晚實習後都累透，洗澡後就倒在牀上，怎麼會

NA
HS ♡ 11.9.2
B♡K
Ali & Jun

有精神上網啊！」倩盈無奈地說。

「沒關係吧，現在我們不是在巴黎見面了嗎？」亦鋒笑說，「簡直就像發夢一樣！」

「這裏的景象也像是夢境一般，那些情侶在鎖上寫下自己的名字掛上橋樑，再將鑰匙丟進塞納河裏，意味着對這份愛永遠鎖上，真是很浪漫！」倩盈的目光再次被兩邊扶欄上的晶晶閃亮吸引，問，「你猜這裏有多少把鎖？」

「我想也有幾十萬個吧！」亦鋒說，「聽說由於這裏的鎖越來越多，巴黎政府擔心這座橋會負擔不起不斷增加的鎖重量，於是決定會拆除部分的鎖，然後再加上玻璃圍欄防止途人再掛鎖上去。」

「啊，那實在有一點可惜了。」倩盈歎了一口氣，走到橋中央的木凳子坐下來，「愛情也實在太沉重了吧！」

「也沒法子，若這座橋真的塌下來，塞納河上的遊船就會很危險了！」亦鋒認真地說，然後頓了一頓，續說，「這個浪漫的地方，我很想……」

「所以你想在鎖清拆前到來遊覽一下嗎？」倩盈打斷了亦鋒的話。

「嗯！」亦鋒一怔，然後點頭，說，「儘管知道這些鎖根本鎖不住情侶的心，但這份浪漫教人心動。」

「想不到你也有鐵漢柔情的一面啊！」倩盈揶揄亦鋒，令他一時間不知所措。

從藝術橋上望過去，河面被陽光照射得泛起金光，聯繫着河的一端是充滿藝術氣息的羅浮宮，這座莊嚴的宮殿就像一座寶座，收藏了人類文明最傑出的稀世珍寶；而河的另一端就是建築宏偉的法蘭西學術院，學術院培養出優秀的詩人、小説家、劇作家、哲學家、科學家等等，令這個國家在藝術的發展上更加輝煌。

太陽升得越來越高，橋上人流漸漸多了起來，畫家們帶備畫具，各自挑選最佳位置替遊人繪畫畫像，提着小提琴的表演者站在橋的中央，拉奏着令人心情愉快的旋律；流動小販在地上攤開掛滿小飾物的絨布，留住途人的腳步；鴿子看到橋上的歡愉，也飛過來湊熱鬧。

一雙一對的情侶依偎着來到橋上，無視巴黎政府的禁止，偷偷把寫上二人名字的鎖鎖上，掛在欄杆上，誠心許願後把鎖匙拋入塞納河裏，寓意鎖上了的一段刻骨銘心愛情不會再被打開。

「你在這裏等我一會。」亦鋒突然對着坐在小石凳上的倩盈説。

「你要去哪裏啊？」倩盈問。

「我很快便會回來。」亦鋒轉身，拔腿跑向橋邊。

「你不是去買鎖吧！」倩盈的心跳一下子加速。

怎料，亦鋒來到小食亭前，他向着小食亭內的法國男子手舞足弄地説了好一會兒，好不容易才買來兩杯特濃熱朱古力。

「給你的！」亦鋒把熱杯子遞如倩盈，另一杯貼在自己的臉頰取暖。

「很暖啊！」倩盈雙手捧着熱杯，滿足地說，「謝謝你！」

「很好喝啊！」亦鋒說。

「你不是不喜歡喝甜的東西嗎？」倩盈低着頭欣賞着杯子裏那粉紅色的棉花糖慢慢溶化在朱古力內。

「不知怎地，現在突然很想喝特濃的熱朱古力！」微風輕拂亦鋒的臉，濃郁的朱古力卻溫暖他的心。

倩盈與亦鋒在小石凳上並排而坐，看着迷人的風景，幻想着大家的未來。

「我從來沒想過會與你一起在巴黎看風景的。」亦鋒閉上眼睛，享受着這一刻在巴黎的美好時光。

「是你的夢想引領你來這裏的！」倩盈望着亦鋒的側面，感覺跟他從前有些說不出來的分別。

「都是得到你的支持，我才能得到入選港隊的機會！」亦鋒續道，「在那一星期的暑期足球訓練令我重新認識足球，亦令我更加了解自己。」

「看到你能抓緊自己的夢想，我真替你開心！」倩盈說，「我猜你很快便會成為足球界的明日新星！」

「你別取笑我吧！」亦鋒擦擦鼻子，牽起嘴角，「是

呢，你的廚藝實習生活有什麼進展嗎？跟同學相處得來嗎？」

「不錯啊，導師和同學也待我很好，不過其中兩位來自法國的同學就比較冷漠。」倩盈說。

「我真佩服你，在言語不通的地方也可以交到朋友，」亦鋒說，「看來我也要好好學習英語了！」

「其實我英文底子也不算很好，不過只要有厚臉皮和笑臉迎人，對方會樂意跟你溝通的！」倩盈立即擠出傻呼呼的笑臉來。

「厚臉皮和笑臉……」亦鋒皺起眉，搖搖頭。

「對啊！主廚昨天宣布將設立一名獎學金，給有興趣的實習生在這裏繼續學習廚藝，同時亦不用放棄學業，很多實習生都想得到這寶貴的機會，我也想試試看呢！」

「你打算留下來嗎？」亦鋒急着問。

「我發覺自己越來越喜歡廚藝了！沒什麼會比留在星級餐廳跟法國大廚學習能令廚藝更上一層樓！」倩盈堅定地望着亦鋒，「我很想成為一個出色的廚師！」

「難道一定要留在巴黎才可以學到優秀的廚藝嗎？」亦鋒情急地反駁着。

「巴黎這個城市除了美食出眾，藝術、時裝、建築也是站在世界的尖端，巴黎既高傲又獨特，美麗得讓人窒息，我想要更多時間慢慢細味這城市！」倩盈面帶企盼。

「不過，你捨得放棄香港的一切嗎？你不會記掛你的爸爸、媽媽、明哥、家熹，還有……我嗎？」

「只不過是一年的時間而已，我們可以透過網絡聯繫，我也可以在聖誕假期回來探望大家！」

亦鋒在倩盈的眼神裏看到從未見過的渴望神情：「看來這趟實習之旅的確鞏固了你的夢想。」

「這兩星期的確令我的視野擴闊不少，」倩盈殷切地問，「亦鋒，你會支持我嗎？」

亦鋒皺皺眉，猶豫了半晌，嘴角露出苦笑：「嗯！」

倩盈說：「不過，其實有很多廚藝比我優秀的實習生都渴望得到這機會，即使我參加比試，也未必會贏得獎學金。」

「無論如何，即使我倆分隔十萬八千里，我都會支持你的。」亦鋒說。

「那麼，我們就用一年的時間，開拓自己的夢想吧！」倩盈舉起杯子，輕輕向亦鋒的杯子碰上。

Day 12 十六　情人橋上再遇上

正當倩盈與亦鋒準備離開藝術橋，在橋的另一端隱約看到一個熟悉的身影。

「那是浩謙嗎？」倩盈被掛在男孩背上粉藍色的背包吸引了目光，心裏懷疑地自言自語，「浩謙怎麼會懂得來這裏找她？」

雙方的距離實在太遙遠了，而且中間隔着一大羣來來往往的遊人，倩盈瞇起眼睛努力看清楚。

「真的是浩謙啊！」正當倩盈打算上前走過去，卻發現走在浩謙身後有一位長髮少女跟隨着他，於是倩盈愕然地停住腳步。

長髮少女穿了一件短身皮革外衣，配襯着紅色的迷你裙和長靴子，頸上掛了一條大圍巾，衣着顯得十分入時，她拉着浩謙的衣袖，把臉頰貼近他與他交談起來。二人倚在欄杆上的鎖海裏又説又笑的，似乎十分愉快。

「那個女孩是他的同學嗎？他們在約會嗎？難怪浩謙會忘記了我們上星期的約定了！」倩盈自言自語，臉上的五官不其然湊成一堆。

亦鋒看到倩盈原本的笑臉突然不知所蹤，她嘟起小嘴就像在發脾氣的小娃兒一樣，於是亦鋒隨着倩盈的目光往

Forever
SA
Jo
NA
2014
A L
May
4ever
T.C.

前方看，他也看到個子高高的浩謙。

「那個不是浩謙嗎？」亦鋒指着前方，問，「咦，你不是說聯絡不上他嗎？怎麼他會來到藝術橋？」

「你看不到他身邊有位女生嗎？他們一定也是來遊覽吧！」倩盈面有慍色地說。

「那我去叫他過來吧！」亦鋒正想動身往前走，卻被倩盈拉着。

「不要！」倩盈急着說，「既然他跟朋友一起，我們就不要纏着他們！」

「可是……」

「我們走吧！」倩盈訕然地轉身，準備離開藝術橋。

「我們去哪裏？」亦鋒問。

「我也不知道，總之離開這裏吧！」倩盈冷淡地說，亦鋒唯有跟着她。

倩盈才走了幾步，就聽到後方的叫喊：「倩盈！」

亦鋒和倩盈回頭，看到浩謙正在橋的另一端趕上來，「倩盈！」

就在浩謙走到橋中央時，拉着他的那位女子不知何故跌到地上，浩謙本能地回頭扶起她，女孩卻突然扭着浩謙。

「我們還是走吧，不要阻着他們約會！」倩盈看到此情此景感到心煩意亂，於是再次轉身匆匆走向羅浮宮的方向。

離開大橋後，亦鋒看出倩盈悶悶不樂，可是他又不知如何令她回復笑容，唯有默默地跟着她。

倩盈身處羅浮宮廣場，望着眼前宏偉的羅浮宮和兩個大小不一的玻璃金字塔，她想起這裏就是原本約了浩謙遊覽的目的地，現在她卻不想拜訪這座寶藏了。

倩盈漫無目的地在巴黎的大街小巷穿插，巴黎的風景確是美麗，但亦鋒也看出她心不在焉。

亦鋒試探着倩盈：「你是否為了看到浩謙跟其他女孩約會而不開心？」

「沒有，」倩盈猶豫半刻，說，「我只不過不想妨礙別人的約會吧！」

「是真的嗎？」亦鋒難過地說，「你撒的謊就連自己也騙不到啊！」

「我……我其實真的不是在意，只不過我們明明早就約定在先，他卻忘記了，」倩盈紅着臉，怒氣沖沖地說，「我討厭自己被人遺忘而已！」

「我不是想替浩謙說好話，但我覺得事情未必如你所想，你一看到他就走，就連給他解釋的機會都沒有！」

「事實已擺在眼前，你也看到他跟另一位女孩談天說地的！」倩盈氣惱地說。

「可是……」亦鋒無言以對，他只想再次看到倩盈的

笑臉，於是腦筋一轉提議説，「你跟我來吧！」

「去哪裏？」

「一會兒你便知了！」亦鋒故作神秘地説。

亦鋒帶盈倩盈來到地鐵，亦鋒在自動售票機買了兩張車票，把一張遞給倩盈。

「我來到巴黎兩星期都未坐過地鐵，你怎會懂得坐的？」倩盈望着那縱橫交錯的路線圖，猶如攤開的、手掌裏的那些複雜掌紋，不禁露出難以置信的表情。

「剛才我請教了教練，然後從酒店坐地鐵過來找你的！」亦鋒神氣地説。

「你來到巴黎第一天就懂得獨個兒坐地鐵，真厲害！」倩盈佩服地説。

「哈，你連香港的地鐵也摸不清，我才不像你是個路癡！」亦鋒嘲笑着倩盈，然後昂首闊步帶着她穿過又窄又長的通道，然後乘坐扶手電梯來到月台。

這個座落羅浮宮下的車站模擬博物館的設計，在月台擺設了不少藝術作品，有大幅海報、油畫，也有雕塑等等，充滿着藝術氣息。

這時剛好有列車駛進入月台來，慢慢停在二人面前。

「咦？怎麼列車不開門？」倩盈奇怪地問亦鋒。

「巴黎的地鐵停靠站後，門並不會像香港那樣自動打開，在月台的人需要自行按下列車門上綠色的按鈕，車門才會打開的！」亦鋒輕力拍向按鈕，車門立即打開了。

亦鋒與倩盈跳上車廂，車廂內的人不多，他倆找了靠近車門的位置坐下來。

紅藍相間的車廂看上去有點殘舊，車廂的燈光偏黃，行駛時兩邊不穩定地擺動，畢竟是經歷了百年的鐵路系統。

過了兩個車站，亦鋒拉着倩盈走下車，他們穿過彎彎曲曲的行人通道，趕上了另一班列車，再過了一個車站，二人便來到目的地。

「這裏是什麼地方？」從地底上到地面，倩盈凝望陌生的四周問。

「前面就是我即將集訓的球場，我就入住在球場上的宿舍！」亦鋒邁步向前走。

「我可以來看你訓練嗎？」倩盈問。

「不，訓練會在黃昏才開始，現在是下午三時，我帶你來射球！」亦鋒得意地說。

「什麼？射球？」倩盈張大嘴巴，問。

「對啊！」亦鋒帶着倩盈來到大球場，他把證件交給球場入口處的管理員，然後進入球場。

在綠油油的大球場上只有倩盈和亦鋒，亦鋒在場邊拿起一個足球遞向倩盈。

「你還記得嗎？」亦鋒說，「小時候當我們遇到煩

惱時，我們就會把煩惱放進足球內，然後向着龍門射過去。」

「亦鋒，原來你帶我來球場，是為了令我開心……」倩盈一怔。

「我不習慣看到沒有掛着笑容的你。」亦鋒望着神情失落的倩盈說。

「好吧！」倩盈拿起足球，閉上眼睛，就像在把自己的煩惱注入足球內。

「把煩惱射出去吧！」亦鋒說。

「亦鋒，不如你替我射球吧！」倩盈把足球遞給亦鋒，「我氣力不夠，煩惱不會踢得太遠的！」

「哈，你真懶惰！還要我替你送走煩惱！」亦鋒沒有倩盈的辦法，道，「好吧，就讓我用苦練出來的炮彈射球把你的煩惱射出太空吧！」

亦鋒彎下腰把倩盈手上的足球頂在自己的頭上，他用頭控着球，步履如飛地跑到球場的中間位置，然後像玩雜技一樣把足球從背部向後滑，再用後腳跟把球踢高，回到自己的前方。

「亦鋒，怎麼你懂得花式足球？」倩盈跟在亦鋒的後面，被他的表演逗樂了。

「是「小白龍」教我的！」亦鋒驕矜地說，「他說女孩子都喜歡看這些花巧的招式！」

「哈哈，原來你是學來討好女孩子！」倩盈終於笑了。

「不，我是特地學來給你看的！」亦鋒連忙搖頭。

「好吧，你快把我的煩惱射出去，否則煩惱黏到你身上就不好了！」倩盈說。

「好，看我的！炮彈射球！」亦鋒用腳尖把足球挑高，然後一躍而起凌空把球猛力踢入龍門。

「很厲害啊！你竟然在中場也可以把球直接射得連龍門網也飛起來！」倩盈看到亦鋒一踏入球場就立即充滿生氣，射球時更加是光芒畢露，十足電視上的球星一樣。

「小意思吧，最近我在練習曲線射球和折線射球，練好了再表演給你看吧！」亦鋒意氣風發地說。

「好啊！」倩盈拍手，說，「亦鋒，看來你向着夢想已邁進了一大步呢！」

「嗯，能夠追尋自己的夢想是幸福的！」亦鋒說，「倩盈，既然你也決定了自己想成為廚師的夢想，就必須付出比別人更多的努力，即使前路晦暗，也不要輕言放棄！」

「亦鋒，謝謝你一直對我的支持！」倩盈心裏感激。

亦鋒說：「成功的路上從來不擠迫，因為願意堅持的人不多，我相信我們一定能夠堅持下去的！」

「嗯！」倩盈點頭，她突然覺得面前的亦鋒已經蛻變

了，這個成熟的他散發出一種難以抵抗的魅力，教她敬佩欣賞。

「來吧，我們一起把煩惱送走！」亦鋒跑向龍門再把球帶到倩盈面前。

於是，在夕陽斜照下，二人把一個又一個煩惱狠狠地踢出去，然後悠然地、灑脫地、輕鬆地帶着開懷的心情離開球場。

Day 12 十七　奇夫受傷

下午五時，亦鋒拿着地圖把倩盈送回酒店，二人再次來到塞納河邊，巴黎秋天的日落來得比想像中快，兩岸的燈光正漸漸亮起，天空尚有幾絲呈玫瑰紅的晚霞。

街頭的露天咖啡座散發出淡淡的香氣，配襯着秋意正濃的巴黎，倩盈與亦鋒買了兩杯咖啡邊走邊喝，品味着眼前的流光溢彩，同時也成為了這幅美景中的一部分。

來到酒店門前，亦鋒依依不捨地跟倩盈道別，他心知這次道別後在一段長時間也未必能再會，不禁表現一絲感觸。

「再會了，你要好好照顧自己啊！」亦鋒抑壓不捨的情感。

「嗯，你也是！」倩盈輕拍亦鋒的肩膀，隔着厚厚的衣服，她也感到亦鋒這段時間苦練得來的結實肌肉。

臨別時，二人約定這一年大家要為夢想全力以赴。

當倩盈步進酒店大堂，經理阿歷就趕上前來，把一個壞消息告訴倩盈：「倩盈，你的同學奇夫在主題樂園出了意外，你快到他的房間探望他吧！」

「奇夫出了什麼事？」倩盈緊張地問。

「他的手受傷了，看來頗嚴重，其他的同學在不久前

把他從醫務所帶回來。」

「發生了這麼大件事？那我先去看看！」倩盈皺着眉頭，轉身向着宿舍樓層跑去。

雖然倩盈只是和奇夫認識不久，但早已把這位異國同學當成好朋友看待，此刻她的心情非常忐忑不安，心裏不斷默念希望奇夫吉人天相。

就在倩盈跑到男生宿舍樓層之際，在轉角位置的一個黑影差點與她撞在一起，幸好倩盈止步得快，當她定個神來之時，發現原來眼前的就是美子，一臉憂心的美子見到倩盈便道：「你知道奇夫受傷了嗎？」

倩盈點點頭，着急地問：「他怎麼樣？」

「奇夫的手受傷不輕啊，今早我們在主題樂園玩了兩小時就發生了意外，彼得、大衞、朱迪和我一起把他送去醫務所，留醫了三小時才能回來。」美子紅了雙眼，接着說，「我們幾個在巴黎人生路不熟，狼狽地東奔西走了大半天。奇夫見大家為了他都勞累了，於是叫我們回去休息，大衞和朱迪也是剛剛才離開他的房間，跟他同房的彼得就去把事情報告給主廚和天才小廚師的主辦單位。」

「我想去看看奇夫啊！」倩盈擔心地說。

「嗯，我陪你一起去吧！」美子拉着倩盈向着距離她們不遠處的房間，美子輕輕推開沒鎖上的房門，說，「奇夫，倩盈來探望你了！」

跟在身後的倩盈把頭探過來，只見坐在牀上一臉倦容的奇夫，右手前臂至手腕位置緊緊纏上了繃帶，看樣子就是似動起來也會痛得尖叫流淚。

倩盈走上前看着奇夫，一時間也不知應該説些什麼，奇夫強忍着痛楚，稍微露出一下難得的微笑道：「我沒事啊，醫生説只要我這個月內小心保護這隻手，不拿重的物件，很快骨裂的地方就能夠癒合，不會有大礙呢，你們不用擔心。」

倩盈乍聽「骨裂」二字，嚇得大叫：「骨裂很嚴重啊！你究竟發生了什麼意外弄成這樣子？」

奇夫歎了口氣，搖搖頭道：「都怪我逞強，在主題樂園玩旋轉木馬時，看見前方那個騎着馬兒的小孩不慎從木馬上掉下來，我沒有多想便衝前打算把他接住，誰料一不小心，用作支撐平衡着地的右手手腕負荷不了承受兩個身體的重量，於是弄至輕微骨裂。」

「看你傷了右手怎樣參加下星期的廚藝比試啊？」美子替奇夫急得湧出淚來。

「這也沒辦法……」奇夫一臉無奈道，「都怪我自己。」

「你沒有錯啊！」美子道，「就因為你有一顆救急扶危的心，才會毫不顧慮地出手去救助那小孩！幸好你挺身而出，否則那小孩就會受重傷呢！你很勇敢啊！」

「謝謝你的誇獎，只是……照目前情況來看，我是真的要放棄參加那個比試了。」奇夫難過地撫着傷處道。

倩盈亦不知應該怎樣安慰奇夫，她心裏知道，奇夫很重視這次比試，因為只要勝出，他就能夠正正式式跟隨酒店的大廚學習法國甜品，踏上他夢想成為甜品廚師的第一步。

美子道：「奇夫……我們這班實習生中，你的實力跟芬蕾是不相伯仲的，你們最有機會得到獎學金，繼續留下來一面實習廚藝、一面讀書！」

「既然發生了這次意外，我確實無法參與比試了。」奇夫頓了一頓，反過來鼓勵倩盈和美子，「你們別哭喪臉一樣啦！你們的廚藝也在不知不覺中提高了，不如你們也參加這次比試，把我的一份力也出了，贏得獎學金，就當作是送給我的禮物，好嗎？」

美子一臉不解，語帶怪責地問奇夫：「你這時候還有心情説笑？」

「我不是説笑的，」奇夫一臉認真地道，「與其給奧圖和芬蕾那兩個囂張的傢伙勝出，我寧願是你們其中一個贏得比賽更好。」！

美子為難地答：「奇夫，對不起，我一早就決定完成這趟實習後回到自己的國家，我想我不會參加這次比試了。」

「倩盈，那你一定要參加這比試，而且一定要取勝啊！」眼神充滿着懇求的奇夫對倩盈說，「你可以答應我，完成我的心願嗎？」

「倩盈，你就參與這比試，不要辜負奇夫和我的期望吧！」美子附和說。

「這……」倩盈還在猶疑，其實她早已決定參加這次比試，但她知道自己的廚藝不及芬蕾和奇夫，所以比試也只是以玩玩而已，可是，現在奇夫受傷了，她感到背負着重大責任，壓力大得令她喘不過氣來。

「別再對自己沒信心，一位出色的廚師首要對自己充滿信心，你不是跟我說過很喜歡做廚師的嗎？我可以把我做甜品的技巧和竅門傾囊相授！我相信你可以替我完成夢想呢！」

倩盈看看奇夫堅定又充滿信任的眼神，再看看身邊一直支持着自己的美子，不知怎的，她心頭竟湧起一份莫名的熱烘烘感覺，她雙手握着奇夫冷冰冰的右手道：「我會接受挑戰，全力以赴，不會令你失望的。」

倩盈希望自己能夠不負所託勝出比試，報答奇夫的信任與鼓勵，更希望奇夫能夠快些痊癒，再次在廚房內展現他的美妙廚藝。

「哎啊——」奇夫發出慘烈的尖叫。

「什麼事？」倩盈嚇了一跳，從思緒中回到現實。

美子大叫道：「你這麼用力握着奇夫的傷處，他不喊痛就出奇啦！」

倩盈面紅着連忙縮手，而此時此刻，房間內三人的笑聲，好像把奇夫不幸受傷的陰霾都一掃而空，靜待着他們的，是一場緊張刺激的廚藝比試。

Day 20 十八　認真的比試（續）

鏡頭再次回到七日後的廚藝比賽，經過七道菜式比拼後，終於到第八道菜式，而比試場上只餘下倩盈和芬蕾。

「焦糖香蕉配香草雪糕。」主廚布羅公布最後一道比試的菜色。

奇夫厲聲道：「倩盈，你要專心一點，把這道甜品用心地做出來，別教我失望。」

「對啊！難道你放棄你的夢想？難道你忘掉了與家人和摯友們的約定？」美子附和着。

「奇夫！美子！你們不要在她們的比試期間喧嘩，否則我會把你們趕出廚房！」站在一旁的主廚布羅喝斥着，美子吐吐舌頭，立即閉緊嘴巴。

原本在發呆的倩盈望着受傷了的奇夫和氣急敗壞的美子，她終於記起與大家的約定，答應過要全力以赴邁向夢想，還有達成奇夫的心願。

「對了，我不可以再胡思亂想了！」倩盈的眼神重新發出自信的光芒。

在之前的七道菜中，倩盈與芬蕾也有錯失，分數不分伯仲，所以最後一道菜就是決定勝負的關鍵。

於是倩盈走向芬蕾，說：「芬蕾，即使你背負着重振

家族名聲的使命，我也會全力以赴與你比試，這樣才是對你最大的尊重。」

芬蕾冷冷地瞄了倩盈一眼，不作一聲地繼續把香蕉皮剝掉，斜切成漂亮的形狀。

時間一秒一秒地過去，廚房內的氣氛越來越熱熾，全體學員都聚精會神地看着二人決勝負的比試。

焦糖香蕉配香草雪糕看似很簡單，但若要做得完美，其實需要很高超的技巧。

「這一道甜品是奇夫最拿手的作品之一，他已把竅門告訴我，我一定會做得跟他一樣出色！」倩盈心想，一面把混合了奶油的糖放到煲子裏用慢火煮。

煲子裏開始冒漂亮的白泡，倩盈把奶油一點點地加入煲內，輕輕攪拌，糖膏漸漸形成，就在她準備把香蕉放進去的時候，怎料鍋子裏的糖膏一下子變成深黑色。倩盈立即把火關上，可是煲內已經變成一坨黏稠稠的糖焦了，還傳出一陣烤焦的味道。

「為什麼會這樣的？火候和時間我控制得很的好啊！」倩盈心急地問。

「唉！這些糖膏都不能用了！」奇夫婉惜地搖搖頭，輕聲地道。

「倩盈到底怎麼一回事？」站在奇夫身邊的美子問。

「我也不知道，看上去倩盈依着我教她的方法做，並沒有什麼地方出錯。」奇夫不解地説，他發現站在牆角的奧圖牽起嘴角，不懷好意地偷笑着。

「美子，我猜到發生了什麼事了……」奇夫嗔目切齒地望着奧圖。

此時，倩盈把煲子連同煮焦了的糖膏放到鋅盤上，她打算把煲子洗淨再做一次，可是當她翻轉鍋子時，她才發現自己的煲子底部原來被人塗了一些東西，難怪糖膏這麼快就煮焦了。

「這個煲子是在什麼時候被人做了手腳的？」倩盈大吃一驚，不敢相信自己的眼睛。

「沒有煲子應該怎麼辦？剩下的時間已經不多了……」倩盈喃喃自言。

倩盈環顧四周，望着她的盡是無奈的眼神，就連主廚也輕輕歎息。

「好吧！就讓我試試看！」倩盈吸了一口氣，把剛才的煲子擱置在一旁，她打開廚櫃，拿出另一個更大的鍋子來。

倩盈把鍋子燒紅，倒入半鍋油，待油慢慢燒滾。她在另一邊廂拿出雞蛋，快速地把蛋白與蛋黃分離，再混入生粉，攪拌成漿。

倩盈在切好的香蕉的表面上均勻沾上一層薄薄的生粉，再將香蕉片在蛋白糊中蘸一下，之後放入滾油鍋內炸

至金黃，然後把鍋裏炸過的油倒掉，留下一點加入白糖慢火煮成咖啡色的糖漿。

倩盈把金黃色的香蕉片放入熱糖漿中快速翻動，然後快速撈起，倒入一盤冰水裏令糖漿凝固變脆後，便可撈起放上碟，倩盈在香蕉片上灑上雪白的糖霜，並在碟子旁邊加上兩球香草雪糕，把一塊薄荷葉放在雪糕上。

這份創新的焦糖香蕉色澤啡黃光亮，質地外脆內軟，而且每片香蕉之間帶有幼細的糖絲，完成的同時，布羅宣布比試時間已到，在場的所有學員也替倩盈舒了一口氣，高呼拍手。

「這算是什麼？完全不依食譜煮出來的！」交疊着雙臂的奧圖站在廚房的一角高聲質問。

「這是融合『中法』特色煮法的『焦糖拔絲香蕉配雪糕』。」倩盈說。

「什麼是拔絲香蕉，一點也不專業！」奧圖大聲說。

「夠了！」主廚布羅以他震懾的聲音說，全場立即肅靜起來。

「我也很想試試這份創新的甜品。」布羅說。

布羅把兩份焦糖香蕉配香草奶油放在跟前，分給其餘兩位大廚評判，同學們定眼看着他們滋味地享受着這道令人垂涎三尺的甜品。

「各位未來的廚師們，我希望大家除了懂得製造美食

外，也懂得欣賞美食，更懂得尊重自己廚師的身分。」布羅向着各同學說，「我收到通知，在比試開始前有人擅自溜進廚房，並破壞倩盈的廚具……」

同學們聽到後突然起哄，大家都竊竊私語，互相張望。

奇夫早就猜到是奧圖幹的好事，他厲眼盯着顯得心虛的奧圖。

「我希望比試過後犯事的同學會自動找我自首。」布羅皺着眉，嚴厲地說。

「主廚，既然你早就知道，為何不在比賽前揭發？害得倩盈做最後的甜品時失手。」美子埋怨着問。

「在廚房上偶爾會遇上意外，」布羅頓了一頓，說，「要做一個高水準的廚師當然需要臨危不亂，化腐朽為神奇！」

「啊！原來你想考驗倩盈。」朱迪說。

「也許是考驗，也許是給予機會表現自己，」布羅微笑說，「今次的比試已經有了結果……」

Day 21 十九　邁向廚師路

在廚藝實習旅程的最後一天，主辦單位在酒店花園裏安排了一個簡單而隆重的畢業典禮，各位學員都懷着欣喜的心情盛裝出席。

過了今天，同學們就會像一羣灰鴿子，往天空一飛就會各奔前程，所以大家在今天都特別的感觸，互相勉勵對方，並交換通訊方法，以保持聯絡。

餐廳的廚師們特地做了各款法式小食，讓大家一面慶祝，一面享受法國著名的美點。

倩盈的飛躍進步和破格的表現令她獲得繼續在餐廳實習的機會，在畢業典禮中，同學們帶着羨慕向她恭賀，美子和奇夫特別替這位好隊友高興，嚷着要一起拍照留念，更揚言將來無論誰來到誰的國家，都一定要帶對方品嘗所有地道美食。

這時主廚布羅走到台上，頒獎給比試中獲勝的倩盈，並鼓勵其他的同學：「各位同學，能夠在這次實習旅程認識大家確實是我的榮幸，雖然你們年紀輕，但在廚藝的天分和學習的進度都超出了我的想像。」

布羅向大家舉杯：「許多卓越的成就，都是由夢想開始，相信大家只要堅持下去，努力練習廚藝，將來一定能

夠成為出色的廚師！」

倩盈領獎後步下台階時，上前走向她的竟然是芬蕾，令倩盈感到意外。

「你的焦糖拔絲香蕉配香草雪糕的確做得不錯啊！」雖然口中在讚美倩盈，可是芬蕾仍舊擺出一副高傲的面孔。

「謝謝你，」倩盈誠懇地說，「其實你做的也非常好！」

「那當然！」芬蕾輕蹙淡淡的眉毛，毫不客氣地答。

「芬蕾，你會怪我沒有讓賽嗎？」倩盈怯怯地問。

「幸好你最後全力以赴，我才不至於令家族蒙羞，」芬蕾一臉不在乎地說，「不過，我這次贏不到你不代表我永遠輸給你的，總有一天我會證明比你更優秀！」

「好，那我們遲些再比試吧！」倩盈不得不佩服自信滿瀉的芬蕾。

「是啊，奧圖叫我代他向你道歉，他昨天已離開了巴黎。」芬蕾皺皺眉說，「是他在你的煲底塗了一層油，令甜品烤焦，而且他亦承認了是他上次令你做的碗仔翅失敗。」

「我想他都是心急想幫你爭取勝利……」倩盈心知奧圖一向很欣賞芬蕾，說，「既然他已向主廚承認過失，並答應改過，我也不會生他的氣。」

「倩盈，我相信你會成為一位好廚師。」芬蕾露出難得一見的笑容。

「謝謝你！」倩盈捉着芬蕾的手，嚇了芬蕾一跳。

「咦，後面那位帶着粉藍色大背包的男生一直看着你，你認識他的嗎？」芬蕾的目光朝向着倩盈的後方，倩盈立即轉頭看個究竟。

「浩謙？」倩盈驚訝地道。

「嗨！」浩謙走上前來，於是芬蕾懶懶地走開了。

「你為什麼會來到這裏？」倩盈仍然有點生浩謙的氣。

「我知道你來年能繼續在巴黎留學，特地來恭賀你呢！」浩謙說。

「你怎麼會知道的？」倩盈問。

「是亦鋒透過電郵告訴我的！」浩謙說。

「是亦鋒？」亦鋒與浩謙向來甚少往來，倩盈感到奇怪。

「他告訴我你得到獎學金的消息，並叫我來參加你的畢業典禮！」浩謙歡喜地說，「那麼，我們可以再一起探索巴黎不同的地方了！」

「為什麼亦鋒這麼多事！」倩盈氣鼓鼓說。

「你先別生氣，若果不是他，我也不知什麼時候才能找到你！」浩謙說，「因為我上星期遺失了電話，而我並

沒有把電話號碼備份，所以一直與世隔絕！」

「啊！原來你遺失了電話嗎？難怪我多次致電也找不到你！」倩盈恍然大悟。

「對啊！」浩謙說，「我發了許多電郵通知你我的新電話號碼，可是你都沒有來電！」

「這段日子我實在太忙，我已經許多天沒有打開電腦檢查電郵了！」倩盈得知自己錯怪了浩謙，多日來的埋怨一下子變成內疚。

「上星期本來約了你十一時在酒店等，怎料我來到酒店的時候發現你已出去了。」浩謙無奈地說，「於是我去了羅浮宮碰碰運氣，在藝術橋上看到你和亦鋒，但你們竟然越叫越走！」

倩盈想起當天浩謙跟另一位女生在一起，於是說：「我見你約了朋友，所以才………」

「朋友？什麼朋友？」浩謙訝異地反問。

「那個穿短身皮革外衣跟迷你裙子的女生啊！」倩盈故意提高聲音。

「哎呀，你別再提那個小偷了，她在橋上裝作遊客向我問路，又扮作扭傷要我摻扶，原來想趁機偷取我的錢包！」浩謙說。

「什麼？原來她是小偷嗎？怪不得把你捉得那麼緊吧！」倩盈笑得眼淚也流下來，她拭去眼角的淚水，說，

「哈哈，給你遇上這麼美麗的小偷也算艷遇吧！」

「拜託了，這種艷遇永遠也不要再出現！」浩謙擺擺雙手，眉頭皺成八字形狀。

「那你最後有沒有損失貴重物品？」倩盈猛然醒起，問。

「錢包當然是被偷了啊！還害我留在警察局半天！」浩謙搖搖頭，說，「心愛的相機沒有被偷去已經是不幸之中的大幸了！」

「你不是曾教我在巴黎，千萬不要讓陌生人接近自己，一定要保持距離的嗎？」倩盈揶揄着浩謙。

浩謙聳聳肩無言以對，一臉委屈的他唯有苦笑。

「哈哈，你真大意！」倩盈笑了。

「幸好亦鋒在我的網頁留言與我聯絡，我才能知道中間出了的誤會。」

「我真想不到亦鋒會主動找你啊！你們什麼時候成了朋友？」

「這是男生之間的秘密！」浩謙把手指放在嘴巴前，故弄玄虛。

「亦鋒一定是怕我獨自在巴黎無依無靠，擔心我會闖禍！」倩盈想起這個外冷內熱的好朋友。

浩謙托起眼鏡，點頭說：「他真是個細心的好朋友。」

「當然，你們都是我最好的朋友啊！」倩盈微笑地望着蔚藍色的天空，彷彿期待着一年後彼此展示自己的成就。

這趟廚藝實習旅程在歡愉的笑聲與掌聲下完結，在短短的三星期內，倩盈獲得了寶貴的知識、技術、經驗、機會和珍貴的友誼，更重要的是，她終於認清夢想，確定了自己的目標。

要實現夢想並不容易，但，只要不斷堅持，不怕付出，不計較回報，總會有成功的一天！

微風吹過，楓葉靜靜地飄下來，眼前秋天的巴黎，到處散發着令人回味的氣息，就像那些遍地的落葉，每一片都盛載着一段段美麗的回憶。